흐뭇

올림

# 억울함과 흐뭇함

출판사에서 책을 내자는 제안을 받고 무척 기뻤습니다. 안 그래도 페북에 포스팅한 농부의 일상이 재밌다고 책을 내보라는 페친들의 부추김에 언젠가 한번 엮어봐야겠다고 생각은 하고 있었습니다. 하지만 출판사에서 먼저 제안이 오리라고는 꿈도 꾸지 않았습니다. 언제가 될지는 모르겠지만 기회가 되면 그러고 싶다는 생각만 하고 있었는데 뜻밖의 기회에 나는 얼씨구나 좋아했습니다.

계약을 하고 책이 언제 나올까 궁금해하는데 출판사에서 사진작가와 함께 사진 찍으러 내려왔습니다(우와, 책을 얼마나 멋지게 만들기에 사진작가까지……). 어쨌든 일박이일의 촬영 일정 중에 저자 프로필 사진도 찍는다고 해서 읍에 가서 머리를 깎고 왔습니다. 머리를 깎으며 살짝 고민은 했습니다. 순박한 시골 농부를 찍으려고 내려오는데 내가 괜히 멋쟁이 이발을 하는 게 아닌가 하는 생각이 들었습니다.

마침 사진 찍는 날이 곶감 작업을 시작하는 날이라 곶감 깎는 풍경을 담을 수 있었습니다. 그런데 나로서는 상당히 유감스럽게 내가 마음먹고 깎은 머리를 전혀 노출시킬 수가 없었습니다. 나는 곶감 작업할 때 모든 작업자가 위생모를 쓰는 것을 원칙으로 하기 때문에 시간과 돈을 들여 애써 깎은 머리를 위생모 속에 완벽하게 감추고 촬영에 임했더니 살짝 억울하다는 생각이 들었습니다.

이 억울하다는 생각은 다음 날 감 따는 장면을 찍을 때도 이어졌습니다. 장화를 신고 너덜너덜한 밀짚모자를 쓰고 밭으로 가면서 이번에도 일부러 깎은 머리는 꾀죄죄한 밀짚모자 속에 숨는구나 싶었습니다. 깍짓대로 높은 가지에 달린 감을 꺾어 내릴 때 고의든 아니든 모자가 뒤로 훌러덩 벗겨질 때마다 모자가 벗겨졌다는 사진작가의 지적이 이어져 나는 이발비가 아깝다는 생각이 들었습니다.

사진작가는 얼마 전 우리 가족이 된 길냥이 수리 사진을 찍는데 상당한 시간을 할애했습니다. 수리는 한껏 위엄을 부리며 포즈를 연출해주었습니다. 책의 주인공이 고양이라는 착각이 들 정도였습니다.

이튿날 촬영 막바지에야 나는 모자를 벗어던지고 아내

랑 산책하며 마을 풍경 스케치 속에 들어갈 수 있었는데, 비록 모자는 쓰지 않았지만 풍경 사진 속의 내가 이발을 했는지 안 했는지 구분이 되지는 않을 것입니다.

사진은 좀 아쉽게 되었지만, 어쨌든 '흐뭇'이라는 흐뭇한 제목으로 책이 나오게 되어 흐뭇합니다. 응원해주신 온라인과 오프라인의 여러 친구들에게 이 책을 바칩니다.

이 책을 읽고 단 한 분이라도 흐뭇한 미소를 지을 수 있기를…….

지리산 엄천골에서
유진국

차례

머리말 억울함과 흐뭇함 005

오천 원어치의 봄 013

사랑의 힘, 무식의 힘 | 신앙 고백 | 산책과 향기 지도 |
오천 원어치의 봄

고객 님, 당황하셨어요? 029

엄천골의 노사 협상 | 동안거 | 곶감 곧 감 |
고객님, 당황하셨어요? | 중은 올깎이, 감은 늦깎이 |
말러 교향곡 1번 | 송이와 곶감

아내는 샘물 같은 여자 059

아내가 변했다 | 아내는 샘물 같은 여자 | 유월 풍경 |
아내 말을 잘 들어야 | 깨몽

## 아부지, 뒤에 곰! 079

아부지, 뒤에 곰! | 홍시 던지는 노인 |
지리산에 사는데 지리산에 와 올라가노 |
산골마을 물세 받으러 다니기 | 엄천강 물고기 쉽게 잡기

## 똥고집 부리다가 103

전동가위 이야기(1) | 전동가위 이야기(2) | 전동가위 이야기(3) |
풀들에게 한 방 먹이다 | 기계치 농부 포크레인을 운전하다 |
나는야 전투기 조종사 | 와이프 교환하기 |
똥고집 부리다가 | 고구마 지키기

## 바보 농부 이야기 147

오만과 편견 | 중부전선 이상없다 | 볼레로 | 잘 지내 |
미모의 여성이 친구하자 하거든 | 농부와 페북 |
외인9단 | 사랑방 손님과 아내 |
방법을 찾는 사람, 핑계를 찾는 사람

## 사랑이 영농일기 183

짖는 개 길들이기(1) | 짖는 개 길들이기(2) |
배부르지 않고 새끼를 낳는 개는 없다 |
사랑이 영농일기 | 예초기 메고 돌격 앞으로

맺음말 **촬영 후기** 205

# 오천 원어치의 봄

# 사랑의 힘, 무식의 힘

지난해 씨앗을 구해 심은 겹접시꽃
올해는 제국을 이룰 정도로 세력이 강성해졌다.
씨앗 한톨의 힘, 대단하다.

화단에 있던 사랑초를 돌담으로 내쳤는데
오히려 더 잘 자란다.
사랑의 힘, 대단하다.

친구가 나누어준 카네이션
해를 거듭할수록 꽃이 풍성해진다.

세월의 힘, 대단하다.

콩알만 한 자구를 얻어 심은 카라가
삼 년 만에 꽃을 피운다.
그해 바로 꽃이 피는 줄 알고 심었는데
삼 년이 걸릴 줄 알았으면 심지 않았을 거다.
오늘 내가 카라꽃을 보는 것은 그걸 몰랐기 때문.
대단하다, 무식의 힘도.

# 신앙 고백

요즘 내가 신흥종교에 심취해 있음을 고백해야겠습니다. 맨발로 다니는 할머니를 교주로 모시는 교파인데 타샤 튜더교라고 합니다. 미국에서 건너왔는데 한국에도 신도가 많다고 합니다.

오늘도 나는 기도하고 응답받았습니다. "질러라, 화악 질러버려라!"

"니예, 교주님!"

새로 지른 백합 구근을 심을 화단이 부족해서 호미로 잔디 마당을 일구었습니다. 경건한 마음으로 잔디를 파고 있노라니 뒤통수에 신앙심이 깊지 않은 아내의 눈총이 느껴졌습니다. 기껏 만들어 놓은 잔디 마당을 왜 또 뒤집어엎는 거냐고 못마땅해하는 것 같습니다.

나의 신앙을 이해하지 못하는 아내가 구근을 보고 또 산 거냐고 묻길래 누가 보내준 거라고 말했습니다(원예회사 사장님이 돈 받고 보내줬다는 말은 생략하구요). 나는 신앙생활을 함께 하지 않는 아내가 가끔 원망스럽기도 하지만 그렇다고 적극적으로 신앙을 권하지도 않습니다. 부부가 같이 지르다 잘못하면 거덜 날 수도 있으니까요.

ⓒ유진국

오월 신앙 강화의 달에 여섯 번 질렀습니다. (새로 지른 다알리아, 아이리스, 작약, 그리고 클레마티스가 오면 이제는 어디 심어야 할까? 또 잔디 마당을 몰래 일구어야 하나?) 경건하게 기도하며 응답을 기다리고 있는데, 아이들이 마당에서 공을 차다가 또 튤립을 분질렀습니다. 오, 밤의 여왕이시여! 당신의 허리를 걷어찬 저 철없는 어린 것들을 용서하소서!

호미질을 끝내고 충만한 마음으로 차를 마시고 있으려

니 주일이라고 이웃 사는 이교도 부부가 놀러왔습니다. 놀랍게도 그들은 개를 숭배하는 부부랍니다. (세상에나, 개를 방에 모시고 살면서 좋은 옷도 입히고 매달 미용실에도 데리고 가고, 온갖 맛있는 것을 다 사다 바친답니다)

그런데 나는 그들이 숭배하는 교주에게 하마터면 소리를 지를 뻔했습니다. 마당 한 켠에 있는 모종판 위를 그들의 교주가 퍽퍽 짓밟고 가버린 것입니다. (하느님 맙소사! 갓 올라온 해바라기 새싹을! 아이쿠, 접시꽃 모종도…….) 나는 성질 더러운 우리 코시를 슬쩍 풀어 보복을 할까 하는 교활한 생각도 했지만 참았습니다. 종교분쟁이 일어날 수도 있으니까요.

산은 지금 일 년 중 가장 아름다운 초록으로 덮여 있습니다. 깊은 산에만 사는 꾀꼬리가 맑고 아름다운 고음의 피콜로를 연주하면 벌떼가 잉잉거리며 반주를 넣습니다. 오늘같이 눈부시게 아름다운 날은 굳이 기도를 하지 않아도 모든 것을 다 얻은 것 같네요. 허리를 펴고 주위를 한번 둘러보기만 해도요…….

# 산책과 향기 지도

오늘도 평소와 같이 아내와 산책길에 나섭니다.
집을 나서 지리산 둘레길이 이어지는 구시락재를 넘어
엄천강변길로 들어서 마을로 돌아오는 길인데,
10여년을 걸었지만 같은 듯 다른 듯한
짧은 여행을 하고 돌아오는 것 같습니다.

산골짝 골짝마다 작은 물길이 흐르듯
재 너머 들 너머 여러 갈래로 꽃향기가 흐릅니다.
봄에 아카시 향이 강물처럼 흐르고
여름이면 칡꽃향이 작은 계곡물처럼 졸졸 흐르고

어떤 곳에선 싸리향이 시작되고
강변길에선 달콤한 돌복숭향이 한동안 지속되고
재를 지날 땐 사위질빵의 은은함이 배어나옵니다.

철 따라 미세하게 다른 향들이 넘실대는 꽃길
그 꽃길의 향기 지도가
몸에 저장되어버렸습니다.
오늘은 이쪽 동네에서 조팝향을 맡고
내일은 저쪽 동네에서 찔레꽃향을 맡고
모레는 지도 어드메쯤에서 이름 모를 향기를 맡고

꽃향기가 많이 흐르는 곳을 지나갈 땐
잠시 멈춰 서기도, 뒷걸음질 하기도 합니다.
산책길인데 바쁠 게 뭐 있겠습니까!

# 오천 원어치의 봄

스톡을 한 다발 사 가지고 왔습니다. 스톡은 프리지어처럼 봄소식을 전해주는 절화로 요즘 인기를 끌고 있습니다. 색상이 다양하고 겹으로 피는 꽃도 있어 여러 가지 섞어서 다발로 만들면 눈부십니다. 향기도 프리지어 못지않게 진합니다. 한 다발이 단돈 오천 원이라 얼씨구나 하고 업어 왔는데, 오천 원어치 봄 치고는 참으로 풍성합니다. 이제 봄은 그다지 비싸게 굴지도 않습니다.

입춘치레 하느라 봄비가 한 번 내리더니 앞마당에는 봄까치꽃이 피었습니다. 봄까치꽃의 원래 이름은 큰개불알풀인데, 이름이 너무 민망하다고 해서 요즘은 봄까치꽃으로 부릅니다. 큰개불알풀이라고 부를 때는 하찮아 보이는 잡초였는데, 봄까치꽃이라고 부르니 앙증맞은 야생화가 되었습니다. 무명의 배우가 이름 바꾼 덕에 스타가 된 격입니다. 정말이지 아무리 막 피는 야생화라지만 이름이 개불알, 그것도 큰개불알이라니 개가 다 웃을 이름입니다.

봄까치꽃을 보고 크게 고무된 농부는 호미를 들고 화단으로 달려갔습니다. 화단에는 꽃양귀비 새싹이 한 포기 올라와 있고 디기탈리스, 매발톱, 앵초의 묵은 이파리가 지난봄에 뜯어본 편지처럼 너덜거리고 있습니다.

정체불명의 새싹들도 심심찮게 보이는데, 이맘때 올라오는 새싹은 잡초인지 화초인지 헷갈리는 경우가 많습니다. 지난해 나를 행복하게 해주었던 화초인지 성가신 잡초인지 판단이 서지 않으면 일단 지켜보게 됩니다. 그런데 이렇게 스무고개를 하자고 수작을 부리는 것들은 나중에 그게 뭐였지 하고 확인할 때쯤이면 잡초로 판명 나는 경우가 대부분이고, 그때는 이미 눈에 잘 보이지도 않는 꽃을 피우고 씨앗까지 퍼트린 뒤 하하 웃으며 사라져버립니다. 하지만 아무리 잡초라는 심증이 들어도 일단은 지켜봐야 합니다. 판결이 날 때까지는 무죄추정의 원칙이 적용되는 것입니다.

ⓒ유진국

봄 하늘이 소란스러워 허리를 펴고 고개를 들어보니 까치 떼가 시위를 하고 있습니다. 어제는 큰아들이 매가 까치를 한 마리 엮어 가는 모습을 보았는데, 까치 무리들이 용감하게 그 매를 추격했다 합니다. 까치 떼가 어지러이 나는 하늘을 한동안 관찰하니 과연 황조롱이로 보이는 새 한 마리가 활공하며 기회를 노리고 있습니다. 매가 까치를 엮는 현장은 산골마을에서도 볼 만한 구경거리라 영상으로 담아보려고 했는데, 작은 스마트폰으로 담기에 하늘은 너무 높고 넓습니다.

지난해 크로커스, 수선화, 튤립이 피었던 자리에도 새 촉이 빼꼼 올라왔습니다. 아직은 건드리면 달팽이 더듬이처럼 다시 쏘옥 들어갈 것 같아 조심스럽습니다. 이런 구근들 때문에 잡초처럼 보이는 싹도 건드리지 않게 됩니다. 특히 백합처럼 아직 순을 내밀지 않은 구근들은 건망증 심한 농부의 호미에 종종 수난을 당합니다. 잡초를 솎는다고 호미질했다가 백합 구근을 찍고 나서는 '아이코, 내가 왜 이러지!' 하고 자책합니다. 새싹이 올라오는 이 시기에는

산지골
정원

사실 호미가 필요하지 않습니다. 고고학자가 붓으로 오래된 유물을 발굴하듯 손끝으로 조심스레 화단을 어루만져 주기만 하면 됩니다.

사실 새봄에 농부가 가장 먼저 달려가야 할 곳은 화단이 아닙니다. 감나무 밭으로 블루베리 밭으로 달려가야 마땅한데도 앞마당 화단에 쪼그리고 앉아 지난해 피었던 꽃을 기억해내느라 코에 흙이 다 묻을 지경입니다.

정원에 피는 꽃은 자아의 은유라고 하는데, 올해는 내가 과연 어떤 꽃을 보게 될지 자못 궁금합니다.

고객님,
당황하셨어요?

# 엄천골의 노사 협상

서리가 내리기 시작할 무렵이면 곶감농가는 바빠집니다. 여름잠 자던 곶감걸이를 깨우고, 채반도 씻고, 덕장의 먼지도 털어내야 합니다.

서리가 한두 차례 내리면 누구랑 같이 감을 수확할지도 생각해야 합니다. 무엇보다 중요한 것은 곶감 깎을 손을 구하는 일입니다. 매년 하는 일이니 지난해 하던 대로 하면 되겠지만 그게 생각만큼 쉽지는 않습니다. 여기 엄천골은 양파를 많이 심는데, 곶감 깎을 시기와 양파 심는 시기가 겹치기 때문에 일손 구하기가 쉽지 않은 것입니다. 그래서 해마다 양파농가와 곶감농가 간에 보이지 않는 일손 구하기 경쟁이 있고, 그 경쟁 아닌 경쟁은 항상 한두 장 더 주는 양파농가의 승리로 끝납니다. 시골에서 일당 한두 장은 큰 차이이기 때문에 사실 처음부터 경쟁이라고 할 수도 없습니다. 진짜 전쟁은 양파 심기가 끝날 무렵 시작되는 곶감농가끼리의 보이지 않는 일손 확보전입니다.

지난해에는 곶감 깎기 일당 인상 문제로 은근히 시끄러웠습니다. 엄비노, 이른바 엄천골 비정규직 노조에서 임금 인상을 요구해온 것입니다. 정식으로 엄비노가 결성되어 노조위원장을 위시한 노측 대표들이 이마에 머리띠 불끈 동여매고 임금협상을 요구해온 것은 물론 아닙니다.

임금인상 요구안은 아주 은밀하게 전달되었습니다. 가령 내가 매년 우리 집 감을 깎아주던 절터 아지매에게 전화를 걸어 "아지매, 올해도 감 좀 깎아주실 거죠?" 하면 "그려 그려. 그래야지" 하면서 지나가는 말투로 "올해는 일당이 얼마나 할려나?" 하십니다. 그리고 이어 "동강 쪽에 감 깎는 사람들은 올해 한 장 더 받기로 했다던데……." 하며 남의 이야기하듯 말하고는 전화를 끊습니다. 그런데 이것이 지나가는 말투로 한번 해보는 말이 아님을 알기에 나는 바로 동강마을 상태 아재한테 확인 전화를 했습니다. "아냐 아냐. 나는 남 주는 대로 주겠다 캤는데 누가 그래? 우리 집에 오는 곰례댁이 그러는데 오히려 자네가 한 장 더 주기로 했다 카든데? 정말이야?" 하고 되묻습니다.

이렇게 시작된 임금협상은 곶감 작업이 끝날 때까지 계속되었습니다. 이미 말했듯이 사측 대표와 노측 대표가 협상 테이블에 앉아서 진지하게 숫자를 주고받는 본격적인 협상을 벌인 것은 아니지만, 협상은 정말 아무렇지도 않게 남의 이야기하듯 이어졌습니다.

하루는 오전 곶감 깎기 작업을 끝내고 점심시간에 자리댁 아지매가 김치를 손으로 찢어 밥숟갈 위에 올리며 "원터 할매가 그카는데 자기는 올해는 한 장 더 받는다 카드라" 하며 아무렇지도 않게 슬쩍 말을 흘립니다. 그러면 절터 아지매가 콩나물국에 밥을 말며 조금 분한 듯 "일도 못하는 원터 할망구도 한 장 더 받는다고?" 하며, 넋두리를 하십니다. 나 들으라고 하는 말입니다. 내가 "그럴 리가요?" 하면 마치 남 얘기 하듯 "나도 들은 얘긴데 정말이라 카드라" 하십니다.

사실 한 장 더 쓰면 일손 구하기가 쉽기는 하지만 그럴 수가 없습니다. 다른 농가에 부담을 주게 되기 때문입니다. 시골에서는 절대 비밀이 없는 법이어서 아무리 "이거는 니캉 내캉(너랑 나랑)만 알고 있어야 한데이" 하고 다짐해도 조금 지나면 "누구누구는 니캉 내캉만 알고 있기로 하고 한 장 더 얹어주기로 했다 카드라" 하는 소문이 빛의 속도로 돌게 됩니다. 어쨌든 다들 사정이 비슷한 모양이어서 이웃 곶감농가들과 상의하여 전년대비 12.5% 인상하는 걸로 말도 많고 '썰'도 많은 임금 협상을 마무리지었습니다.

협상이 타결되자 엄비노 위원장으로 추정되는 절터 아지매한테서 전화가 왔습니다.

"얼릉 우리 집에 좀 와봐바."

"왜 그러세요, 아지매? 하실 말씀이 있으시면 내일 곶감 깎을 때 말씀하셔도 될 텐데요."

"아뭇 소리 말고 하던 일 놔두고 얼릉 좀 와봐바."

아뭇 소리 말고 하던 일 놔두고 강 건너 절터 아지매 댁에 달려갔더니 이번에 추수한 거라며 쌀을 한 부대 주십니다. 그리고 아무한테도 말하지 말라며 이건 니캉 내캉만 알고 있어야 된다며 참기름도 한 병 주시는데, 이거는 이번 임금인상과는 무관한 거라고, 지나가는 말투로 말씀하십니다.

# 동안거

곶감 깎을 철이 되어 덕장에 쌓아둔 감을 내리는데 상자 안에 야생벌 세 마리가 꼼짝도 않고 붙어 있습니다. 나는 '이것들이 여기서 뭘 하는 거지?' 하며 탁탁 털어냈습니다.

거실 창에도 이름 모를 벌레 한 마리가 꼼짝도 않고 붙어 있습니다. '이것이 여기서 뭘 하는 거지? 며칠째 움직임이 없으니 죽은 거겠지' 하고 다가가 보았습니다. 돋보기를 끼고 가만히 보니, 아! 더듬이가 조금씩 움직입니다. 땅 색의 갑옷을 입은 이 벌레는 죽은 것이 아니라 정진에 들어간 것입니다. 물 한 방울 안 마시고 용맹 정진하는 모습을 보니 내가 감 상자에서 털어낸 야생벌 세 마리가 오버렸되었습니다. 아, 그것들이 안거에 들어간 것도 모르고…….

이제 동안거에 들어갈 때입니다. 벽송사에서는 스님들이 벽을 보고 안거에 들어가고, 곶감 덕장에서는 감들이 옷을 벗고 바람에 흔들리며 정진에 들어갑니다. 바람이 차가울수록 감은 오묘한 맛의 진리를 깨칠 것입니다.

곶감 깎을 철이 되면 살짝 흥분됩니다. 추수 끝나면 농한기라지만, 엄천골 농부는 찬 바람 불면 농번기입니다. 무서리 한두 번 내리고 우는 아이 볼때기처럼 감이 빨갛게 익으면 깎아서 덕장에 주렁주렁 매답니다.

곶감 농사를 오래 하면서 우연히 알게 된 것이 있습니다. 우연히 알게 된 것이라고 하지만 그저는 아니었습니다. 어찌 보면 당연하고 별스럽지도 않은 이 소박한 상식 하나를 얻기 위해 나는 십수 년 동안 많은 감을 버렸습니다. 곶감은 말리는 게 아니라 숙성시키는 것이었습니다. 사람들은 바람이 부니 감이 잘 마른다고 합니다. 사람들은 감이 마르면서 단맛이 생긴다고 합니다. 사람들은 곶감을 먹으며 "그래, 감은 이렇게 말려야 제맛이지" 합니다. 뭐 진짜 맛있는 곶감을 먹어보지 못한 사람에게는 건조만 잘된 곶감도 맛있게 느껴질 수 있습니다. 하지만 잘 말린 곶감이 아닌, 잘 숙성된 곶감을 먹어보면 생각이 달라지게 됩니다.

잘 숙성된 곶감을 먹어보고, "아, 이건 옛날 곶감 맛이네요" 하는 사람도 있고 "돌아가신 외할머니 생각이 나네요" 하며 추억에 젖는 사람도 있습니다. "혹시 곶감에 꿀을 바른 거 아닌가요?" 하고 너스레를 떠는 사람도 있습니다. 다 고개가 끄덕여집니다. 옛날 곶감은 정말 그랬습니다. 옛날 날씨는 곶감을 말리면서 동시에 숙성을 시켜주었기에 외할머니가 시골집 처마 밑에 매달아두었던 곶감에서는 꿀맛이 났던 것입니다. 옛날에는 사흘 춥고 나흘 따뜻했습니다. 꿀곶감을 만들기 위한 날씨의 황금비율이었습니다. 곶감은 하늘이 선물한 맛의 오르가슴입니다.

# 곶감 곧 감

새벽 5시에 일을 시작하려면 도대체 몇 시에 일어나야 할까요? 아무리 일이 중요하다지만 새벽 5시라니……. 지난겨울 첫눈 내린 날 그날은 그랬습니다.

보름째 우리 집에서 감을 깎고 있는 절터댁 사정에 맞춰 그날 하루는 일찍 시작하고 일찍 끝내기로 했습니다. 눈까지 내려 힘든 하루가 될 터였습니다. 일어나기는 했지만 시간 맞춰 감 깎을 분들을 모시러 가려고 하니 눈은 뜨고 있지만 뇌는 아직 잠이 덜 깨어 있었습니다. 내가 사는 마을은 벼랑에 걸린 제비집 형상이라고 하여 예전에는 소연동(巢燕洞)이라고 불렀다는데, 그 경사가 급한 동네에서도 제일 위쪽에 사는 나는 눈이 온 다음 길이 얼 것 같으면 미리 차를 마을 입구에 세워둡니다. 만일 밤새 눈이 왔는데 차가 집에 있다면 눈을 치우지 않고서는 마을 입구까지 내려갈 수가 없기 때문입니다. 눈길에 스키 코스가 되어버린 마을 길을 가로등과 스마트폰 플래시에 의지하며 차를 세워둔 곳까지 조심조심 내려가다가, 아뿔싸, 차 키를 집에 두고 왔다는 생각이 들었습니다. 이런, 어둡고 미끄러운 눈길을 절반이나 내려왔는데, 요즘 내가 부쩍 건망증이 심하네, 하고 투덜대며 다시 집에 올라가 현관문을 열려고 하는데, 헐…… 바지 주머니 속에서 차 키가 만져집니다. 아직 잠이 덜 깬 것입니다.

비몽사몽 스마트폰 플래시로 길을 밝혀가며 다시 내려가서 차를 덮은 눈이불을 걷어내고 시동을 켜니 시간이 많이 지체되었습니다. 아지매들이 기다리겠다 싶어 전화를 해주려고 하는데 설상가상 이번에는 전화기가 안 보입니다. 운전석 옆에 떨어뜨렸나 싶어 플래시를 비춰가며 찾아봐도 보이지가 않습니다. 전화기를 소파에 올려두고 안 가지고 나왔나? 참 정신이 없는 날이네, 얼른 가기나 하자며 출발하는데 내 손에 플래시가 켜진 스마트폰이 들려 있습니다. 전화기를 손에 들고 전화기를 찾다니, 내가 아직 잠이 덜 깬 것입니다.

"아지매, 많이 기다렸지예. 이제 출발합니더."

"오지 마. 차가 안 오길래 길이 미끄러바서 안 오능가 하고 걸어가고 있어. 시방 다 왔어. 금방 도착혀."

꼭두새벽 희미한 덕장 전등 불 아래서 감을 깎던 절터댁이 곶감 작업이 언제 끝나느냐고 묻습니다. 일이 힘들어서 묻는 것일 터, 나도 그게 궁금합니다. 보름째 곶감 작업이 이어지는데 언제 끝날지는 나도 모릅니다. 확실한 건 감 껍질이 계속 나오고 있다는 겁니다.

감박피기에 감을 붙이면 칼날이 한 바퀴 돌며 감 껍질을 벗겨내고, 흘러내리는 감 껍질은 한 줄기 길을 만듭니다. 감껍데기들이 만든 예쁜 길을 따라가면 지난가을 햇살이 눈부시고, 지난여름 감나무 밭에서 만났던 어린 고라니의 맑은 눈도 보입니다.

참으로 먼 길을 돌아와 지리산 엄천골 어느 농부의 덕장에 매달린 채 안거에 들어간 감에게 내가 묻습니다. 언제 곶감이 되어 올겨? 내가 원하는 대답은 이겁니다. 곧 감.

# 고객님, 당황하셨어요?

코미디 프로에서 개그 소재로 회자되던 보이스피싱이 극성이던 8, 9년 전쯤이었나 봅니다. 그땐 폴더폰이었는데 보이스피싱을 막기 위해 해외에서 걸려오는 전화는 발신자 번호 대신 '해외에서 걸려온 전화입니다'라는 표시가 떴습니다. 그런 표시가 뜨는 전화는 대부분 중국발 보이스피싱이었습니다.

한번은 해외전화라는 표시가 뜨는 전화를 받았는데 대뜸 곶감을 주문하고 싶다는 것이었습니다. 때는 한여름이라 곶감 찾을 일이 없을 텐데 싶어 (야 임마, 너 중국에서 거는 거 다 알고 있지롱) 대꾸하지 않고 전화를 탁 끊었습니다. 그랬더니 또 전화가 왔습니다. 홈페이지를 보고 전화하는 건데 곶감을 사고 싶다는 겁니다. 말 없이 전화를 툭 끊으면 보통 포기하는데 좀 질긴 녀석이다 싶어 "곶감 없어욧!" 하고 거칠게 끊었습니다. (이쯤 하면 지도 기가 죽었겠지. 흐흐)

그런데 놀랍게도 2년 뒤 프랑스에 거주하는 여름촌댁 딸이 고향에 왔다가 우리 집에 놀러 와서 이 이야기를 꺼내는 것이었습니다. 자기가 일하는 프랑스 리옹의 일식집 사장이 한국인이라 고국 생각이 날 때 가끔 내 홈페이지를 보고 향수를 달래는데, 한번은 갑자기 곶감이 먹고 싶어 전화를 했다는 겁니다. 그런데 곶감 없다며 어떤 나쁜 놈이 사납게 전화를 끊더라는 것입니다.

나는 뒤늦게 여름촌댁 딸을 통해 백배 사과하고 사과의 뜻으로 건조가 잘 된 곶감을 보냈습니다. 그리고 앞으로는 아무리 보이스피싱으로 짐작되는 전화도 신중하게 받기로 했습니다.

지난겨울 해운대라며 곶감 10봉지를 보내달라는 전화를 받았습니다. 문자로 주소를 보내고 전화가 두 번 더 왔는데 그날 꼭 발송해달라며 돈은 걱정 말라고 해서 돈 걱정 않고 보냈습니다. 그런데 배송안내 문자를 보내고 나니 전화를 안 받습니다. 알고 보니 인터넷으로 농산물 파는 사람치고 이런 사기에 걸려보지 않은 사람이 없었습니다. 이런.

그래서 나는 앞으로 입금 전에 배송을 요청하는 사람에게는 아래 소정의 서류를 제출받고 발송하기로 결심했습니다.

외상상환계획서 1부

주민등록등본 1통

인감증명서 1통

재산세납부증명서 1통

근로소득원천징수영수증 1통

건강검진기록부 사본 1통

이상은 기본 서류이고 주문 금액이 10만원을 초과할 때는 추가 서류가 있습니다.

사업자등록증 사본

사업자등록증이 있는 보증인 3명의 인감증명서

초등학교 생활기록부 사본

# 중은 올깎이,
# 감은 늦깎이

세상사 새옹지마(塞翁之馬)라더니 참으로 알 수가 없습니다. 지난 늦가을 다른 농가에서는 한창 감을 깎아 매달고 있는데 나는 일손을 구하지 못해 애를 태웠습니다. 지난해 우리 집에서 감을 깎던 아주머니들은 모두 양파 심으러 가버렸습니다. 들에서 양파 심는 품삯이 집에서 곶감 깎는 것보다 한 장 더 많으니까요.

이곳 지리산 엄천골은 양파가 또 유명합니다. 게르마늄이 많은 지역이라 양파가 단단하고 오래 저장할 수 있다고 합니다. 그런데 곶감 깎는 시기가 양파 심을 때와 겹치다 보니 해마다 때만 되면 양파농가와 곶감농가의 일손 확보

전쟁이 벌어집니다. 양파농가에서는 양파도 아직 다 안 심었는데 감을 깎는다고 곶감농가에 한마디 하고, 곶감농가에서는 설이 오기 전에 곶감을 만들려면 더 이상 늦출 수가 없다고 항변하는 식입니다.

그러한 탓에 깎으려고 마당에 재어놓았던 감을 다시 저온창고에 넣고 일손 구하러 여기저기 다니는데 먼저 곶감을 매단 농가에서 다급한 소리가 들려왔습니다.

"이걸 우짜믄 좋노!"

"와요? 와 그라는데?"

"감이 바닥에 다 붙어버렸어."

"감이 와 바닥에 붙어요?"

"몰라. 소똥 붙듯이 바닥에 다 붙어버렸다니까……."

무슨 소린가 싶어 감이 붙어버렸다는 집에 가보니 정말 덕장에 매달려 있어야 할 감이 소똥처럼 바닥에 흥건했습니다. 바닥에 붙어버린 셈이죠. 100년 만의 이상 고온으로 감이 마르지 않고 홍시가 되어 바닥에 떨어져버린 겁니다. 이어 방송에서는 연일 상주, 산청 등 유명 곶감 산지의 피해 보도가 이어졌습니다.

오래전부터 곶감을 많이 깎았던 이곳 어르신들이 그러셨답니다. '중은 올깎이고 감은 늦깎이야.' 중이 되려면 일찍 머리를 깎는 게 좋고 곶감을 만들려면 늦게 감을 깎는 게 좋다는 말인데, 중이 되어보지 않아서 왜 일찍 머리를 깎아야 하는지는 몰라도 감을 깎아보니 늦게 깎아야 한다는 걸 이제 확실히 알겠습니다. 그걸 알고 늦게 깎은 건 아니지만 어쨌든 일손이 없어 지난 기후행패(?)를 피할 수 있었습니다.

그런데 이 이상고온은 다른 한편으로는 좋은 점도 있었는데 감이 숙성이 잘되어 100년 만에 가장 달콤한 곶감이 된 겁니다. 그래서 감이 모두 붙어버린 사람이든 운 좋게 비켜간 사람이든 모두들 한마디씩 합니다.

"달기는 엄청 달아!"

# 말러 교향곡 1번

지난 가을의 꼬리를 잡고 시작한 곶감 작업은 겨울 내내 이어졌습니다. 그럴 수만 있다면 따뜻한 봄날에 했으면 좋으련만, 유감스럽게도 이 일은 추워져야 할 수 있는 일입니다. 호된 추위에 곶감이 얼었다 녹기를 반복해야 제맛이 들기 때문입니다.

엄천골 곶감농가의 하루는 겨울 해가 솟기도 전에 시작됩니다.

"내일은 새벽 5시에 데리러 와. 어차피 내는 그 시간에 깨어 잇응께로, 빨리 시작하고 빨리 끝내자고."

"아이고, 아지매. 너무 빨라요. 저는 그 시간에 죽어도 못

일어나요."

이렇게 작업 시간 가지고 밀당을 합니다. 일찍 시작해서 일찍 마치고 오후에 다른 볼일을 보자는 겁니다.

지난겨울엔 건장한 아들이 도와주어 큰 도움이 되었습니다. 아들은 일손만 덜어준 게 아니라 스마트폰에 연결해서 음악을 들을 수 있는 성능 좋은 무선 스피커를 하나 가지고 왔습니다. 음악은 스마트폰에서 선곡하지만 스피커를 통해 나오는 소리는 장난이 아닙니다. 참말로 멋진 세상입니다. 별로 비싸지도 않은 주먹만 한 스피커 하나가 작업 환경을 완전히 바꿔놓은 것입니다.

유튜브에서 말러의 1번 교향곡을 고르니 덕장 안이 국립극장이 되었습니다. 오케스트라의 웅장한 울림에 덕장에 가득 매달린 곶감이 바르르 떨며 마릅니다. 내가 말러를 편애하니 아내는 말러를 듣고 곶감이 잘 '말러'라고 말러만 듣느냐고 놀리는데, 말러의 1번 교향곡을 들으면 봄기운이 느껴져 반복되는 단순 작업을 하는 나에게 큰 위안이 됩니다. 겨울 추위에 떨면서 일을 하지만 마음은 봄과 함께하는 것입니다.

젖소에게 음악을 들려주면 우유 생산량이 늘어난다고 합니다. 오이에게도 음악을 들려주면 오이가 더 잘 자란다고 합니다. 귀가 있는 동물은 그럴 수도 있다 치더라도 귀가 없는 식물이 음악을 듣고 반응한다는 것은 선뜻 이해가 되지는 않습니다. 하지만 비록 귀는 없지만 음악의 파동이 식물의 세포벽을 자극하면 의미 있는 변화를 만들어낼 수도 있을 것입니다.

그렇다면 내가 듣는 말러의 음악이 덕장에 매달린 곶감의 세포벽을 자극하여 곶감의 맛에 긍정적인 영향을 줄 수도 있지 않을까요? 곶감은 입이 없어 말을 못하니 그렇다 아니다 대답을 할 수가 없습니다. 그래서 나는 고객에게 한 번씩 물어봅니다. "이 곶감은 국립덕장에서 말러 음악을 들려주면서 말렸는데 일반 곶감과 다른 점이 있습니까?" 하고.

사실 내가 듣고 싶은 대답은 "말러 음악을 들려주며 말린 곶감을 먹으니 입안에 교향곡이 울려 퍼지네요"이지만, "음악을 들려주며 말린 곶감이라니, 참 장삿속도 가지가지네요"라고 대답한다 해도 불만은 없습니다. 어차피 추운 겨울에 일도 힘들고 한번 웃자고 너스레를 떨어보는 거니까요.

# 송이와 곶감

내가 살고 있는 함양은 지리산과 덕유산으로 둘러싸인 천혜의 자연환경 덕분에 옛날부터 품질 좋은 송이가 많이 나오기로 유명합니다. 밤낮의 기온차가 커서 당도 높은 곶감 산지로도 유명한데, 과거 고종황제에게 진상했다고 해서 고종시라는 이름으로 알려진 곶감의 주산지입니다.

송이가 많이 나는 곳을 여기 사람들은 '송이밭'이라고 부릅니다. 물론 송이를 사람이 재배하는 것은 아니지만 마치 밭에서 재배한 것처럼 송이가 많이 나는 곳을 가리키는 말입니다. 송이는 해마다 나는 자리에서 또 나는데, 그 송이밭은 가족에게도 안 알려준다고 합니다. 송이 철에 자신만이 아는 송이밭에 한번 올라갔다 오기만 하면 상당한 돈을 만질 수 있기 때문에 죽기 전에는 자식에게도 알려줄 수가 없는 것입니다.

내가 잘 아는 함양 유림면의 한 지인은 아버지가 해마다 상당량의 좋은 송이를 채취해왔다는데, 아버지가 돌아가시기 전에 송이밭 위치를 물어보지 못한 것을 두고두고 후회하고 있습니다.

지인은 오 남매 중 장남으로 송이 채취 시기에 아버지를 따라다니며 다년간 공을 들였지만, 아버지는 이런저런 핑계를 대며 아들을 따돌리고 혼자서 송이를 캐왔다고 합니다. 한번은 아버지가 배낭 메고 꼬챙이 챙기는 걸 보고 "아버지 같이 갑시더" 하고 따라붙었는데, 그날은 B급 송이만 조금 캐고 성과가 미미했다고 합니다. 아버지가 의도적으로 송이가 없는 곳으로 돌았다는 것입니다. 과연 아버지는 다음 날 혼자 산에 올라가 상당량의 A급 송이를 채취했다고 합니다. 하지만 지인은 아버지가 돌아가시기 전에는 송이밭 위치를 다른 누구보다도 자신에게 알려줄 것이라고 내심 기대했습니다. 그런데 유감스럽게도 아버지는 갈 길이 너무 바빠 그 중요한 정보를 남기지 않고 가버리신 것입니다.

마지막 기회는 있었다고 합니다. 그런데 아버지가 숨넘어가며 마지막 유언을 하는데 느닷없이 "그런데 아버지 송이밭이 어딥니꺼?" 하고 물어볼 수가 없더라는 것입니다.

아들 둘 딸 셋이 모인 첫 기일이 마침 송이가 나올 철이라 자연스레 아버지의 송이밭 얘기가 나왔습니다. 오 남매 중 누군가는 알고 있을 거라고 서로 기대했는데, 제사 지내고 나서 얘기를 해보니 아무도 아는 사람이 없었다고 합니다. 가는 사람은 서둘러 가느라 그것까지 말하고 갈 경황이 없었고, 보내는 사람은 그놈의 도리 때문에 차마 물어보지 못한 것입니다.

함양 사람들은 누구나 한 번쯤 들어봤을 유명한 곶감 장인이 지곡에 있었습니다. 그 사람이 만든 곶감은 맛이 특별해서 국내 L그룹의 회장이 매년 스무 접씩 주문했다고 합니다. 곶감을 만드는 이웃 사람들은 그 장인만의 곶감 만드는 비법을 배우려고 무던 애를 썼는데, 장인은 자신만의 노하우를 아무에게도 알려주지 않았습니다. 주위 사람들이 알아낸 것은 그 장인이 곶감 채반을 저녁에 한 번 아침에 한 번 여기저기로 옮긴다는 것뿐이었습니다.

십수 년 전 처음 곶감에 입문했을 때 그 이야기를 듣고 나도 그런 명품 곶감을 한번 만들어보고 싶다는 생각을 했는데, 해보니 기술이란 게 시간이 지나면 저절로 터득되는 게 아니었습니다. 명품 무유황 곶감을 만들기 위해 수천만 원어치의 곶감을 버리고 나서야 나도 힘겹게 그 장인의 경지에 올라섰습니다. 이제 나도 곶감 덕장에서 한 소식하고 나니 지곡의 그 장인이 자기만의 노하우를 이웃에 알려주지 않고 꽉 움켜쥐고 있었던 것이 이해가 됩니다.

얼마 전 멀리 사는 한 농부가 내 기술을 배우고 싶다고 찾아왔습니다. 어쩌겠습니까. 배워서 먹고 살겠다는데요. 곶감 작업할 때 오라고 했습니다. 이러다 내가 '유진국 무유황 곶감 체인' 본점이 되는 것 아닌가 모르겠습니다. 따지고보면 기술 전수가 미래의 경쟁자를 만드는 것이기는 하지만 스무 농가 정도는 같이 먹고살아도 될 것입니다.

아내는
샘물 같은 여자

# 아내가 변했다

시골서 농사짓기 힘들다고 학교에 나가는 아내가 외출 준비로 부산을 떨며 새로 산 옷을 입어보고 있습니다. 울로 만든 원피스입니다. 옷이 날개라고, 새 옷을 입고 거울 앞에서 요래조래 맵시를 보고 있는 아내에게 "당신 그 옷 입으니 올리비아 핫세 같네!" 했더니 아내는 "씰데없는 소리 하지 마!" 하고 여우 눈을 치켜뜹니다. 나는 "진짜야, 당신이 더 예쁜데?" 하고 구렁이 눈을 껌뻑거렸습니다.

아내는 새 옷을 입고 날아갈 듯 현관을 나섰다가 금세 다시 들어왔습니다. 올리비아 핫세고 뭐고 추워서 안 되겠던지 따뜻한 옷으로 바꿔 입고 나갑니다. 무뚝뚝한 내 입에서 어떻게 그런 훌륭한 말이 나왔는지 모르겠지만 어쨌든 저녁에 서덜탕이라도 먹게 될 것 같은 예감이 듭니다.

이방자(이불 속에서 방귀 뀌는 게 자연스러운) 나이가 되니 아내가 변했습니다. 평소 아내는 좀처럼 새 옷을 사지 않았습니다. 검소함의 화신이었던 아내가 요즘은 옷뿐만 아니라 이것저것 새것을 계속 사들입니다. 아직 쓸 만한 가전제품에서부터 식탁 같은 가구 그리고 신발, 가방 같은 것들을 새 걸로 바꾸는 데 열정을 다하고 있습니다. 물론 가전제품 같은 것은 한번씩 시대에 맞게 바꿔줘야 하고 식탁 같은 가구도 분위기 전환 겸 가구 회사 매출도 올려줄 겸 한번쯤 바꿔 줄 필요는 있습니다. 그리고 좋은 옷도 입어보고 예쁜 신발도 신어볼 만합니다. 하지만 이런 것들은 그동안 별로 관심이 없던 것들이었습니다.

언젠가 아내가 앞마당에 핀 보랏빛 독일붓꽃을 보고 예쁘다고 탄성을 지르며 붓꽃 색상의 옷을 한번 입어보고 싶다기에 나는 “내가 꽃만 예뻐해서 본인이 직접 꽃이 되려고 그러느냐”고 농을 한 적이 있는데, 아, 정말 지금 생각하니 그때부터 아내가 바뀌었습니다. TV 채널 바뀌듯 바뀌었습니다.

아내는 기어코 보랏빛 독일붓꽃 색상의 원피스를 한 벌

사 입더니 스스로 꽃이 되어버렸습니다.

평소 독서가 취미인 아내는 그 뒤 주말이면 쇼핑을 즐겼습니다. 진주에 볼일 보러 갔다가 백화점에 들렀는데 아내는 울로 만든 원피스를 하나 골랐습니다. 아내는 결코 싸지 않은 옷을 사면서도 남편의 적극적이고 완전한 동의를 얻어내는 특별한 재주가 있습니다. 그리고 자발적으로 카드결제를 하도록 유도합니다. 이제는 하도 여러 번 써먹어서 알면서도 넘어가는 고전적인 기술을 하나 소개하면 이렇습니다.

먼저 매장을 가볍게 돌다가 한눈에도 비싸 보이는 옷을 구경하며 요래조래 만져본 다음 옷은 멋진데 가격 거품이 너무 심하다며 투덜대고 지나갑니다. 그리고 아쉬운 듯 한두 번 되돌아봅니다. 뒤따라다니던 내가 슬쩍 가격표를 보니 도대체 이렇게 비싼 옷을 누가 사 입을까 싶을 정도입니다. 가슴이 철렁, 아랫배가 볼록. 간이 떨어진 것입니다. 나는 아내가 그 옷을 사겠다고 한 것도 아닌데 괜히 불안해집니다.

아내는 즐거운 마음으로 다리 아픈 줄도 모르고 계속 이 옷 저 옷 구경하지만 나는 다리도 아프고 얼른 집에 가고 싶습니다. 따라다니기에 지친 나는 이제 아내가 어떤 옷을 골라도 정말 잘 어울린다고 바람을 잡으며 신속한 결정을 기다립니다. 어서 카드를 꺼내고 싶은 충동에 손이 근질근질할 지경이 됩니다. 드디어 아내가 울로 된 원피스를 고르기에 그리 비싸 보이지는 않아 얼른 카드를 내밀었습니다.

휴, 이렇게 해서 나는 오늘도 큰돈을 절약했습니다!

# 아내는 샘물 같은 여자

저녁 무렵에 아들과 엄천강에서 천렵했습니다. 잠시 희희낙락 철벅거리니 꺽지, 갈겨니, 모래무치 같은 것들이 잡히네요. 아들은 배 따고 나는 튀김 반죽해서 오늘의 스페셜로 내놓았더니 아내의 지적이 이어집니다. 비늘을 벗겼느냐, 왜 쓴맛이 나느냐, 양념에 고춧가루를 왜 떡이 되도록 넣었느냐, 기름을 먼저 데우고 고기를 튀겨야지 그냥 넣으면 어쩌느냐, 반죽을 잘 입혀 한 마리씩 넣어 튀겨야지 한꺼번에 넣으면 어떡하느냐……. 튀긴 물고기 숫자만큼 많은 지적 사항이 있었는데, 어쨌든 오늘의 스페셜은 완전 고소하고 맛있었습니다. 내가 여태 먹은 튀김 중 제

일 맛있다고 하니 아내는 자화자찬이라고 코로 웃으며 마무리 지적을 하네요.

"설거지할 때 퐁퐁 꼭 하시오. 그냥 대충대충하면……."

자랑이 아니라 아내는 샘물 같은 여자입니다. 샘에서 매일 일정량의 물이 솟아나듯이 아내는 매일 일정량의 잔소리를 생산합니다. 아이들이 어릴 때는 생산량의 대부분을 아이들에게 배급해주었는데 아이들이 자라 콧수염이 나고 더 이상 소비가 이루지지지 않자 잉여 생산량을 나에게 과도하게 떠넘기고 있습니다. 하지만 어쩌겠습니까? 샘물처럼 자연스럽게 넘쳐흐르는 것을. 장마철 아내의 잔소리는 교향시 몰다우가 되어 골짜기에 양양하게 흐르다가 이내 볼레로가 되어 악기만 바꿔가며 같은 주제를 끝없이 반복 연주합니다.

아내가 잔소리하실 때 말대꾸는 절대 금물입니다. 나는 머리를 끄덕이거나 푹 숙입니다. 아내가 보기에 내가 반성하는 모습으로 비춰지는 이런 태도는 확실히 진정효과가 있습니다. 사실 내가 머리를 끄덕끄덕하는 것은 잔소리가 머리 위로 살짝살짝 비켜가게 하는 방어기전입니다. 상황이 발생할 때마다 머리를 푹 숙이면 잔소리는 위로 쑥쑥 지나갑니다.

# 유월 풍경

모닝커피 한잔 타서 마당에 나서니 아침 햇살이 프랑스 덩굴장미 테라코타(terracotta)를 막 구워내고 있습니다. 테라코타는 그 이름처럼 붉은 벽돌을 구운 것 같은 오묘한 색감에 향기까지 달콤한 장미입니다. 막 벌어진 꽃을 쳐다보며 커피를 한 모금 마시니 커피 맛이 더 좋습니다.

테라코타는 신선한 아침 햇살에 한 번, 해거름에 넘어가는 불그레한 햇살에 또 한 번, 하루 두 번 벽돌색의 장미를 구워냅니다. 덩굴장미는 대부분 꽃을 많이 피우지만 테라코타는 구워내는 방식이라 그런지 꽃이 그리 많이 피지는 않습니다. 하지만 한 송이 두 송이 끝없이 피고 져서, 마치 같은 주제가 집요하게 반복되는 프랑스 작곡가 라벨의 〈볼레로〉를 꽃으로 연주하는 듯합니다. 끝났나 하면 악기만 바꾸어 다른 음색으로 다시 연주되는 그 무곡 말입니다. 처음엔 약한 음향으로 시작하여 반복되면서 악기를 하나씩 더하고 스케일을 점점 키우는 볼레로처럼 테라코타도 송이를 점점 늘리며 절정의 오케스트라로 꽃을 피우는 날이 있는데, 오늘 아침 햇살이 그 첫 번째 장미를 구워낸 것입니다.

가물었습니다. 지리산 엄천 골짝엔 오랫동안 비가 오지 않아 농작물이 몹시 힘들어합니다. 감나무는 올봄 냉해를 운 좋게 피하고 가지마다 열매를 가득 달았는데, 수분 공급이 원활하지 않으니 낙과가 되고 있습니다. 워낙 많이 달렸기에 어차피 떨어져야 할 것들이 떨어지는 것이기는 하지만, 그래도 가물어 떨어지는 것은 별로 바람직하지 않습니다. 블루베리도 이제 색깔이 나기 시작해서 수확할 때가 되었는데, 비가 오지 않으니 열매가 별로 크지 않습니다. 지난해에도 이맘때 가물어 열매가 자잘하고 큰 게 드물었는데, 만약 올해도 그리 된다면 블루베리 농사는 영 재미가 없습니다. 구라청(기상청의 별칭?) 예보대로라면 비가 여러 번 왔어야 하는데 여기 지리산 엄천 골짝엔 병

아리 눈물만큼 오고 말았습니다. 선거철이라 그런 건지 온다던 비는 선거공약처럼 허망했습니다. 하지만 손 놓고 가만히 있을 내가 아닙니다. 마지막으로 비장의 처방을 내렸습니다. 잘 쓰지 않는 방법이지만 이 비책을 쓰자마자 거짓말같이 어젯밤엔 우르르 쾅쾅 겁나게 쏟아졌습니다. 어제 아내가 잠들기 전에 말했습니다. "당신 세차를 괜히 한 거 아냐? 비가 많이 오는데?" 아내는 모를 것입니다. 내가 세차를 해서 비가 쏟아지는 것을 말입니다.

감나무 과수원에 풀을 베었습니다. 올해는 풀을 안 베고 한번 해보려고 했는데, 고라니랑 멧돼지가 너무 설쳐서 어쩔 수가 없습니다. 모르고 뱀을 밟을까봐 겁이 나기도 하고 주위 사람들 보는 눈도 있고 해서 해오던 대로 하기로 했습니다. 사실 며칠 전까지만 해도 올해는 늦가을 시원한 바람 불 때 수확 시기에 맞춰 딱 한 번만 베려고 했는데, 농사가 요령만으로 될 일은 아닙니다. 감나무 사이 통로는 깔끔하게 베어 내고 나무를 감고 올라가는 덩굴은 모두 뜯어 말렸습니다. 환삼덩굴이랑 칡넝쿨은 정말 지독합니다. 내가 뜯어 말린다고 될 일이 아닌 걸 알지만 다른 대책이 없으니 뒷덜미 잡고 늘어져보는 것입니다.

아내가 하얀 덤불장미와 분홍 들장미를 한 무데기 꺾어 거실에 거꾸로 걸어두었습니다. 장미는 마르면서 향기가 짙어집니다. 아내는 "왜 그러지? 왜 그러지?" 하며 놀라운 발견이라도 한 듯 좋아합니다. 아내도 나이가 들수록 향기가 납니다.

# 아내 말을 잘 들어야

소를 키우는 성태 아재는 새벽 여섯 시만 되면 트랙터에 소똥을 가득 싣고 밭으로 갑니다. 우리 집 바로 옆을 지나가기 때문에 나는 따로 알람을 맞춰놓지 않아도 덜덜거리는 트랙터 엔진 소리에 눈이 떠집니다. 눈을 뜨면 내가 제일 먼저 하는 일은 컴퓨터를 켜는 일입니다.

명색이 농부라는 자가 아침에 호미 들고 밭에 나가는 것보다 컴퓨터 켜는 게 먼저라니 당신이 진정 농부가 맞느냐고 물음표를 던질 수도 있겠지만, 나는 농기구의 의미를 좀 더 넓게 해석해서 농부의 컴퓨터도 농기구로 분류합니다. 농부는 트랙터로 밭을 갈고 예초기로 풀을 베고 호미로 잡초도 솎아주어야 하지만, 컴퓨터로 내가 짓는 농사에 대한 세세한 기록을 남기고 필요한 농사 정보를 수집하고 소비자와 소통하는 작업까지 해야 하는데, 이 모든 일을 넓은 의미의 영농 행위로 보는(주장하는? 우기는?) 것입니다.

그런데 지난 주말 아침 눈을 뜨고 습관처럼 컴퓨터 전원을 켰는데 화면이 먹통입니다. 농부에게 이것은 트랙터가 시동이 안 걸리는 것과 마찬가지로 치명적인 고장이랄 수 있습니다. 수리 센터에 전화를 했는데, 마침 주말이라 월요일 오후 늦은 시간으로 방문수리 일정이 잡혔다고, 다시 말해 사흘간 컴퓨터(농기구)를 사용할 수가 없다는 것입니다. 이건 내가 어찌할 수 없는 일이라 불편을 감수하고 또 다른 농기구인 스마트폰으로 당면한 영농 행위를 이어가야만 했습니다. SNS 계정에 영농일지를 포스팅할 때 스마트폰은 컴퓨터에 비해 작업 환경이 상당히 열악합니다. 컴퓨터가 트랙터라면 스마트폰은 관리기입니다. 작은 스마트폰으로 일하자니 시간이 몇 배로 걸리고 눈도 아픕니다. 노안이라 돋보기 걸치고 손톱 끝으로 톡톡 찍어가며 글자를 만드니 참말로 답답하고 피곤합니다.

사흘 후에 온 수리 기사가 먹통을 이래저래 두드려보더

니 시스템이 깨져서 새로 깔아야 된다고 합니다. 새로 까는 거야 시간이 좀 걸린다는 것 말고는 문제될 것은 없는데, 그동안 컴퓨터에 저장된 자료가 몽땅 없어진답니다. 최근 6년간 쌓인 1테라 분량의 사진 자료와 농산물 거래 정보들은 만일의 사고에 대비해 따로 백업을 해두었어야 했던 것들입니다. 당연히 해두었어야 했는데 설마 했더니 설마가 사람, 아니 자료 잡게 생겼습니다.

나는 포기하지 않고 컴퓨터를 들고 읍내 전문 수리점으로 갔습니다. 운이 좋으면 자료를 모두 살릴 수 있을 것입니다. 과연 나의 구세주인 수리점 사장은 기술이 좋습니다. 시스템이 완전 깨졌지만 자료는 모두 살릴 수 있다고 합니다. 다만 시간이 걸리는 작업이라 다음날에야 컴퓨터를 찾을 수 있었습니다. 기쁜 마음으로 집에 와서 밀린 영농 작업을 하려고 하는데, 이번에는 키보드가 먹통입니다. 아내는 수리점에 전화를 해보라고 하는데 나는 키보드 불량이든 컴퓨터 본체 불량이든 전화로 해결할 수 있는 일이 아니라는 판단에 또다시 컴퓨터와 키보드를 들고 수리점으로 달려갔습니다.

어른 말 잘 들으면 자다가도 떡이 생긴다지만 아내 말을 잘 들으면 인생이 편안해집니다. 키보드 고장도 아니고 본체 고장도 아니었습니다. 키보드를 먼저 연결하고 전원을 켰으면 되는 건데, 반대로 하는 바람에 인식이 되지 않았던 것입니다. 키보드가 구형이라 그렇다고 합니다. 구형인 것은 키보드뿐만이 아닙니다. 아내 말대로 전화 한번 해보면 될 것을, 나의 핵심 부품이 구형이라 기름값 버려가며 무거운 거 들고 괜히 왔다 갔다 한 것입니다.

# 깨몽

점심 먹고 소파에 누워 책을 보다 잠이 들었습니다. 꿈결에 뻐꾸기가 웁니다. 뻐꾹 하고 우는 소리에 뒷산이 분홍으로 물들고, 또 한 번 뻐꾹 하니 핑크로 물듭니다. 다시 뻐꾹뻐꾹 하니 주황으로 노랑으로 물들어 참말로 신기해하고 있는데, 아내가 코를 비트는 바람에 그만 꿈에서 깨어났습니다. "코 좀 고만 골고 지난번 백화점에서 여름옷 봐둔 거 사러 가요" 하며 깨웁니다. 아내에게 옷은 꽃과 같습니다. 예쁜 옷이 보이면 꼭 피워보고 싶습니다. 커피 한 잔 타서 마당으로 나서니 뻐꾸기 소리에 물든 장미가 분홍, 핑크, 주황, 노랑으로 흐드러져 있습니다.

오월 신록은 옛말입니다. 지구 온난화로 이제는 사월 신록이고, 오월은 녹음입니다. 오월 한낮 기온이 30도를 오르내리니 정말 오월이 맞는지 의심스럽습니다. 하지만 달력이 오월이라고 하니 믿지 않을 수 없습니다. 요 며칠 기온이 많이 올라가고 뒷산 뻐꾸기가 수다스러워졌습니다. 시도 때도 없이 뻐꾹뻐꾹입니다. 왜 우는 걸까요? 수컷이 부르는 세레나데일까요? (여기 잘 생긴 수뻐꾸기 있어요, 뻐꾹.) 아님 남의 둥지에서 자라고 있는 새끼에게 보내는 메시지일까요? (아가야, 너는 뻐꾸기란다. 내가 엄마야. 짹짹하면 안 돼. 엄마 따라 해봐. 뻐꾸욱.)

그래도 오월은 계절의 여왕이라 첫날부터 끝까지 무슨무슨 날입니다. 근로자의 날, 부처님 오신 날, 어린이날, 어버이날, 스승의 날…… 말일은 또 바다의 날이라 합니다. 하루 걸러 무슨 기념일이고, 무슨무슨 날이 아무 날도 아닌 날보다 많습니다. 이렇게 좋은 오월, 어제는 26년 전 내가 아내랑 결혼한 날입니다. 다시 말해 '아내의' 결혼기념일입니다. 오늘은 또 부부의 날(아내의 날)이라나요? 어쨌든 장미가 눈부시게 피었고 화창한 휴일이라 아내는 스스로 꽃이 되기로 결심하고는 뻐꾸기 소리 들으며 낮잠 자는 남편의 코를 살짝 비틀었습니다. 결혼기념일인데 그냥 넘어갈 수는 없다는 것입니다. 결혼기념일은 공식적으로 아내와 내가 결혼한 날이지만 비공식적으로는 남편인 내가 아내에게 선물하는 날로 되어 있습니다. 나는 내심 불만입니다. 아내만 결혼한 게 아니고 나도 결혼했는데, 왜 항상 나만 선물을 해야 하는 거냐고 따지면 나는 365일 선물을 받고 있으니 이날 하루만큼은 자기가 받아야 한다고 합니다. 여기서 논의를 더 발전시켜봤자 나에게 득 될 건 하나도 없다는 걸 경험상 알고 있기에 나는 더 이상 문제 제기를 하지 않습니다.

아부지,
뒤에 곰!

# 아부지, 뒤에 곰!

"아부지이, 등 뒤에 곰이야, 곰! 진짜 곰! 곰!"

아버지 등 뒤에 곰이 있는 것을 보고 승엽이가 고함을 질렀습니다. 승엽이 아부지는 예초기로 벌밭 주변 풀을 베고 있었습니다. 아들이 하라는 공부는 안 하고 장난을 친다고 생각하고 예초기 소리를 낮춘 다음 한마디 했습니다. "야, 아들 드가 숙제나 해." 그리고는 계속 열심히 풀을 베었습니다.

그런데 평소 장난이 심해 '양치기 소년'으로 찍힌 승엽이도 그날만은 진지했습니다. 진짜로 집채만 한 반달곰 한 마리가 아부지 등 뒤에서 꿀을 줄줄 흘리며 벌통을 하나 들고 서 있는 걸 보고 소리친 것인데, 야속한 아부지가 돌아보지도 않고 숙제하라고 야단만 치니 열 살짜리 아이는 어쩔 줄 몰랐습니다. 계속 "곰이다!" 하고 소리치면 아부지한테 혼날까봐 더는 말도 못하고 손가락으로 곰을 가리키며 "쉭쉭! 가! 가!" 하니 자상한 아부지가 "그래, 내가 한번 속아준다" 하고 씨익 웃으며 뒤를 돌아보았는데, 코앞에 곰이 떠억 서 있는 것입니다. 한 손으로 벌통을 끼고 한 손으로 꿀을 줄줄 흘리며 파먹는 걸 보고서야 자상한 미소가 싹 사라졌습니다. 그런데 그 다급한 상황에서도 곰이 흘리는 그 꿀이 아까웠다니, 참말로 못 말리는 농부입니다.

곰은 세동할매 집에서 꿀통 세 개를 훔쳐 먹고 다음날 박털보네 꿀을 먹으러 갔다가 마주친 털보의 인상이 만만찮다고 생각하고 도망쳤던 그 곰이었습니다. 그놈이 승엽이 집에 꿀이 많고 그 집 주인은 인심도 좋다는 첩보를 입수하고 다시 나타난 것입니다. 사실 세동할매네 벌통은 세 통이 전부였습니다. 박털보네는 스무 통, 승엽이네는 이백 통 정도로 엄천골에서 벌을 제일 많이 치는 농가입니다. 한 해 꿀 팔아 아이 셋 공부시키고 생활비 쓸 만큼 쓰고도 꽤 남기는 꿀부자집입니다.

승엽이 아부지는 등 뒤에 있는 곰을 보고 비현실적인 느낌이 들었습니다. 가슴이 철렁했지만 믿을 수 없는 침착성을 발휘하여 하던 일을 계속했다고 합니다. 온 신경이 곰에게 가 있었지만 곰은 꿀을 먹고 자기는 풀을 베는 게 자연 현상인 것처럼 능청을 떨었습니다. 곰을 자극하지 않으려고 마치 못 본 듯 행동한 것입니다.

아들은 아부지가 곰을 못 본 줄 알고 계속 손가락으로 곰을 가리키며 "쉭쉭! 가! 가!" 하다가 안 되겠던지 집 안으로 뛰어 들어가 엄마한테 곰이 아부지 등 뒤에 있다고 거짓말(?)을 했습니다.

엄마는 "야! 아들! 니 하라는 숙제는 다 하고 하는 거짓말이가?" 하며 속아준다는 듯이 창밖을 보니 곰과 신랑이 영화를 찍고 있더라는 것이었습니다.

어쨌든 승엽이 아부지는 다리가 후들후들 떨렸지만 태연한 척 풀을 베었고, 반달곰은 우째 여기가 내집 같다고 여기며 평화롭게 꿀을 먹다가 신고받은 공단 직원들이 우루루 몰려오자 감나무 위로 도망갔습니다.

결론만 말하겠습니다. 수의사가 와서 나무 위로 도망간 곰을 마취총까지 쏘아 포획하였고, 다음날 승엽이는 곰과 함께 찍은 인증샷으로 학교에서 영웅이 되었습니다. 아부지가 잡은 거라고 뻥을 쳤다가 뽀록이 나기는 했지만 말입니다.

# 홍시 던지는 노인

"춘길 어르신, 밑에 홍시 떨어져요오!"

"퍼억!"

이웃 마을 춘길 어르신과 함께 곶감 만들 감을 수확하는데, 한 사람이 나무 위에 올라가서 감을 털어 내리면 한 사람은 밑에서 그물망을 치고 주워 담습니다. 지난해에는 이곳 지리산 자락 감나무들이 해거리를 하여 수확할 게 별로 없었는데, 올해는 가지가 부러지도록 많이 달렸습니다. 그런데 감을 털다 보면 심심찮게 돌발 상황이 벌어지게 됩니다. 장대에 감나무 가지를 끼워 비틀 때 잘 익은 홍시가 아

래에서 일하는 사람의 머리 위로 대책 없이 떨어지는 것입니다. 홍시가 떨어지는 것을 보고 "춘길 어르시인, 밑에 홍시 떨어져요오!"라고 급히 소리치지만 홍시는 소리보다 더 빨리 어르신 머리에 도착해버립니다. 머리카락 몇 올 없는 어르신의 시원한 대머리에서 홍시가 터지면 "아고고, 죄송해요오!" 하고 소리치고는 터지는 웃음을 참느라 어금니를 꽉 깨물어버립니다.

한번은 춘길 어르신이 나무에 올라가고 내가 밑에서 감을 주워 담는데, 칠순을 넘긴 어르신이 감을 얼마나 잘 터시는지 아래에서 감을 주워 담느라 손이 열 개라도 부족할 지경이었습니다. 그런데 위에서 "으어이, 떨어진다아!" 하는 소리가 들려 고개를 치켜드는데, 미처 피할 새도 없이 홍시 두 개가 내 얼굴에서 연이어 퍽퍽 소리를 내며 터졌습니다.

비록 홍시지만 눈두덩이에 맞으니 아프기도 하고 창피하기도 하여 얼굴을 찡그린 채 나무 위에 있는 춘길 어르신을 원망의 눈초리로 쳐다보니, 어르신은 미안하다는 표정으로 "어어이, 괜찮나?" 하고는 뒤로 돌아 나무둥치를 끌어안더니 쪼그리고 앉습니다. 왜 그러시나 싶어 가만히 보니 어깨가 들썩들썩 엉덩이가 실룩실룩하는 게 분명 웃고 있습니다. 웃다가 나무에서 떨어질까봐 나무를 끌어안고 몰래 즐거워하고 있는 것입니다.

나로서는 전혀 웃을 기분이 아니었지만 이런 종류의 웃음은 워낙 전염성이 강한지라 내 얼굴에도 살짝 미소가 칠해졌습니다. 얼굴에 묻은 홍시를 손으로 대충 걷어내고 입술 주변에 혀를 돌려 홍시의 부드럽고 달콤한 맛을 음미하다가 어느 순간 웃음이 터졌습니다. 배를 잡고 웃다가 홍시를 밟고 미끄러져 엉덩방아를 찧으면서도 눈물이 찔끔 나도록 웃었습니다.

곶감용 감은 무서리가 한두 차례 내려 감이 방금 운 아이 볼처럼 발그레해지면 수확을 시작하는데, 그중 성질 급한 녀석들은 벌써 홍시가 되어 제멋대로 떨어집니다. 이 홍시는 감을 수확하는 가을 그리고 곶감을 깎아 말리는 겨울 내내 곶감쟁이들의 훌륭한 간식거리가 되기도 하고 때로는 즐거운 웃음거리를 만들어주기도 합니다.

그런데 이상하게 춘길 어르신이 나무에 올라가면 유난히, 그것도 내 머리 위로 홍시가 많이 떨어져 혹시 고의로 던지는 게 아닌가 하는 의심이 들기도 합니다. 한번은 내 머리에서 폭발한 홍시를 걷어내며 "어르신! 이건 어르신이 던진 거 아닙니까?" 하고 다그치니 "이 사람아, 나무에 올라가서 감 털기 바쁜데 야구할 시간이 어디있노? 내가 투수도 아이거만" 하고 실실 웃으십니다. 그러다 내가 웃는 얼굴로 어르신 눈을 빤히 쳐다보며 압박하면 어르신은 엄숙한 표정으로 턱을 쓰윽 내미시는데, 웃음을 참느라 볼이 실룩실룩하는 모습이 역력합니다.

맑고 쾌적한 가을날 고목에 올라서서 푸른 하늘에 머리를 담근 채 감을 수확하는 곶감쟁이들은 순수한 기쁨으로 활기가 넘칩니다. 하지만 주변 풍경을 지배하는 높은 나무에 올라서서 감을 따는 것은 힘들기도 하고 때로는 위험한 일이기도 합니다. 특히 이곳 지리산 자락에서 엄천강을 바라보고 자란 나무들은 모두 다 하늘 높은 줄 모르고 당당하게 자란 나무들이라 더 그러하지요.

"어어이, 조심해! 감 털다가 인생 털어버릴라!"

내가 나무에 올라가면 춘길 어르신은 미덥지가 않아 꼭 한 소리 하십니다. 춘길 어르신이 나무에 올라가면 나도 미덥지가 않아 한 소리 하고 싶어 입이 달싹달싹합니다.

"영감님, 재밌다고 자꾸 홍시 던지지 마시요잉!"

# 지리산에 사는데 지리산에 와 올라가노

여름이 가기 전에 지리산에 한번 올라가자고 엄천골 사람들 사이에 의논이 오가더니 마침내 맑은 날 택일하여 상봉을 오르게 되었습니다.

한 30분쯤 걸었을까요? 모두들 배가 고프다고 과일들을 깎아 먹기 시작합니다. 그런데 세동 아지매(사실상 할매입니다)를 눈여겨보니 아무래도 불안합니다. 마치 곱게 차려입고 장에 가는 것 같습니다. 상봉까지 당일치기로 갔다와야 하는데 멋쟁이 구두는 좀 심했습니다.

“야아야, 내는 지리산에 살면서도 지리산에 첨 올라가본다.”

"아지매, 지리산에 살면서 아직도 지리산에 안 올라가봤다는 기 말이 되능교?"

"지리산에 사는데 지리산에 와 올라가노? 지리산에 사는데……."

"그라면 오늘은 우째 올라가능기요?"

"오늘 안 가보면 죽을 때까지 못 가볼 거 같아서 한번 안 올라가보나……."

칠순을 벌써 넘기신 춘만이 어르신은 양말 속에 바짓가랑이를 잘 접어 넣고 시종일관 뒷짐 지고 오르십니다.

"아, 글씨 반백 년도 지난 이야기지라. 그때도 이리루 올라갔제."

"상봉에 올라갔는데 마참 비가 오는기라……. 그래서 바위밑에 비를 피하는데, 비가 하늘에서 떨어지는 게 아이고 바람 타고 옆으로 내리니 바위 밑에 숨어도 아무 소용이 없제. 날씨가 얼매나 추운지 덜덜 떨다가 얼어 죽겠다 싶어 비니루 뒤집어쓰고 냅따 뛰어 내려왔는기라. 얼매나 빨리 뛰었는지 한 시간 반 만에 뛰어 내려왔다카이."

"어르신, 아무리 그래도 상봉에서 한 시간 반 만에 우째 내려오능교?"

"그때는 그랬는기라. 열일곱 열여덟이었으니 날라 다녔

ⓒ서경호

는기라."

한 시간 남짓 걸었나 하는데 세동 아지매가 어디서 산신령에게나 어울릴 법한 지팡이를 구해왔습니다. 내가 가져온 등산용 스틱을 드렸더니 나무 지팡이가 더 좋다고 받지 않으십니다. '산신령님! 지팡이에 신통한 힘을 몰래 넣어주셔서 지가 세동 할매를 업고 내려오거나 헬기를 부르는 일이 없도록 하여주십시오.'

그런데 버섯은 우째 세동 아지매 눈에만 보이는지 모르

겠습니다. 앞서가던 세동 아지매는 수시로 두 손을 번쩍 치켜들며 "포구(표고)다!" 하고 외치십니다. 양손에는 큼지막한 표고버섯이 들려 있습니다.

"포구는 장마가 와야 되는기라……. 샛바람이 불어야 보이지라. 작대기로 요렇게 포구 따낸 자리를 탁탁 뚜디리 놓고 난중에 가보면 포구가 천지 빼까리로 나 있능기라."

세동 아지매 눈에는 노루궁둥이도 잘 보이는 모양입니다. 세동 아지매가 산신령 지팡이를 가리키며 "저어기 노리궁디다" 하면 금세 세동 아저씨 손에 노루궁둥이가 들려 있습니다.

엉? 노루를 사냥한다고? 천만에요. 산행 중 사냥이라니요. 노루궁둥이 버섯입니다. 노루궁둥이 버섯은 생김새 때문에 지어진 이름인데, 산삼보다 좋은 거랍니다. 항암 효과가 뛰어나다나요.

나이 드신 분들이 많아 걱정을 많이 했는데 괜한 걱정이었습니다. 고백컨대 헐떡거리고 올라간 사람은 나 혼자였습니다. 상봉에 서니 모두 희희낙락입니다. 어둡기 전에 내려가야 하는데 아무도 내려갈 생각을 않습니다.

"저어기가 엄천강이여. 조오기가 종근이 집이고. 저쯤이 우리 집인디 저 산이 가렸네."

하도 내려갈 생각들을 안 하니 박털보가 걱정이 되는지 일행 중 손전등 챙겨온 사람이 몇이나 되는지 물어봅니다. 간단한 손전등이 두 개 나옵니다. “선두에 하나 후미에 하나 켜고 내리가면 되겠다” 하고는 상봉에 다시 못 올 사람 있으니 실컷 구경하고 내려가자고들 합니다.

하지만 숲이 우거진 산은 일찍 어두워집니다. 어둡기 전에 내려가려고 일행을 재촉해도 다들 느긋합니다. 온 길로 내려만 가면 되는데 뭐가 걱정이냐고 합니다. 어두워 못 내려가게 될까봐 걱정하는 사람은 나밖에 없는 것 같았습니다.

# 산골마을
# 물세 받으러 다니기

오늘은 마을 물세를 받으러 다녔습니다. 마을 공동지하수 전기요금인 셈인데, 물을 쓴 만큼 비용을 분담해서 냅니다. 처음에는 마을 이장이 하던 일인데, 어찌 하다보니 어리숙한 내가 몇 년째 떠맡게 되었습니다.

스무 가구 남짓한 산골마을이라 계량기 검침하고 돈을 걷는 데는 한 시간이면 족합니다. 우리 마을에는 혼자 사시는 할머니들이 많아 물을 거의 쓰지 않기 때문에 보나마나 기본요금인 경우가 대부분입니다.

그런데 막상 물세를 받으러 다녀보면 그게 그리 만만치가 않네요. 왜 그런지 자세히 이야기하자면 얘기가 길어질 것 같아 오늘 첫 번째 물세 받은 집을 소개하는 걸로 대신할까 합니다.

등구 할머니는 팔순이 다 되어가는데 아직도 논 일곱 마지기와 수백 평의 밭을 가십니다. 암소도 한 마리 키우십니다. 밭농사는 농기계의 도움을 전혀 받지 않고 오직 괭이 하나로 지으시는데, 새벽부터 해가 저물도록 일을 하십니다. 할머니 밭이 우리 집 바로 앞과 우리 집 뒷산에 있어서 일하시는 걸 집 안에서도 볼 수가 있기 때문에 할머니가 하루에 일을 얼마나 하시는지 본인보다도 잘 안다고 할 수 있습니다.

한번은 캄캄한 밤에 집 앞에 있는 밭에서 탁탁 소리가 들려 짐승인가 하고 조심조심 다가가보니 글쎄 등구 할머니가 랜턴을 켜놓고 괭이질을 하고 계신 게 아닙니까. 내가 더 놀랐습니다.

그런데 이렇게 하루 종일 일만 하시는 할머니가 나에게 할 말이 엄청 많으신 모양입니다. 밭일하는 할머니 옆을 지나가다 "할머니 힘드신데 쉬었다 하세요"라고 할라치면 할머니는 괭이를 놓고 오셔서 이런 얘기 저런 얘기를 하시는데, 내가 적당한 핑계를 대고 빠져나오지 않으면 시간이 한정 없습니다. 주제는 주로 이 마을에 시집와서 자녀들 키운 얘기인데, 하도 여러 번 들어서 할머니 자제분들 이름을 이 나이에 다 외울 정도입니다. 내가 물세를 걷으려고 공책을 들고 마을을 돌면 하던 일을 잠시(?) 접어두고 집으로 앞장서시는데, 야박하게 돈만 받고 바로 다음 집으로 갈 수가 없는 것입니다. 30분은 최소한의 예의고, 날씨가 화창할 때면 한 시간 이상 인내심을 발휘하기도 합니다.

오늘 드라마 1부는 얼마 전에 낳은 송아지였습니다.

"그래서 내가 아이고 아이고 예쁜 소야, 또 송아지를 낳아줘서 을매나 고마운지 모리겠다 하이까네 소가 눈을 껌뻑껌뻑하면서……."

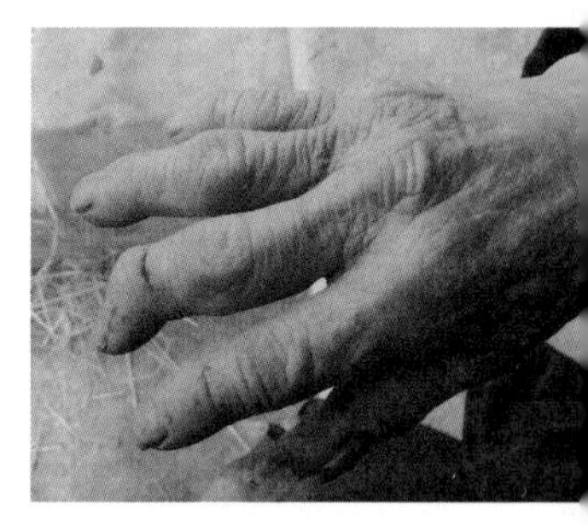
ⓒ유진국

거북등껍질처럼 까칠하고 장비처럼 단단한 손을 휘저으며 한창 열중하실 때는 내가 잠깐 자리를 비워도 계속하십니다. 그리고 내가 송아지 사진 찍느라 옆에 없다는 걸 아시고는 다가오셔서 바로 2부로 넘어가시는데, 2부 드라마는 나도 다 외우는 겁니다.

"우리 봉수가 성공해서 오겠다고 집을 나서다가 돌아서서 내 손을 꼬옥 잡으면서 어무이, 어무이, 이 돈은 지가 못

가져가겠심더 하고는 꼬깃꼬깃 접은 돈을 터억 내놓는데, 내가 야야, 봉수야, 에미는 이 돈 엄서도……."

사실 내가 오늘 물세 받으러 집집마다 다 돌아야 하는 처지가 아니라면 2부에 이어 3부까지도 들어드리고 싶지만, 오늘은 하루 만에 물세를 다 걷고 싶어 "할머니, 물세 천오백 원입니더" 하고 갑자기 바쁜 일이 생긴 듯이 재촉하여 돈을 받고는 옆집으로 갔습니다. 등구 할머니보다 두세 배는 더 말씀을 잘하시는 임실 할머니 댁으로. 여기서는 얼마가 걸릴라나요.

# 엄천강 물고기 쉽게 잡기

오늘은 마을 대청소를 하는 날입니다. 여느 때 같으면 장정(?)들은 예초기를 돌리고 할머니들은 낫을 하나씩 들고 나와서 마을 주변에 무성한 잡초를 베는 게 하루 일거리인데 오늘은 쓰레기 줍는 거 외에 일이 별로 없습니다. 공공근로에서 이미 마을 주변 풀들을 싹악 베어버렸기 때문입니다. 내 집 주변의 풀은 내가 베면 되고 마을 주변의 풀은 마을 사람들이 베면 되는데 우째 공공근로 하는 사람들이 부탁하지도 않은 우리 마을 풀을 베게 되었을까요?

이게 다 우리가 대통령을 잘 뽑은 덕분이라고들 합니다. 우리가 경제를 살린다는 대통령을 뽑아준 감사의 표시로 대통령께서 공약하신 대로 일자리를 창출하셨고, 일자리를 얻은 사람이 할 일이 없자 우리 마을 풀을 베게 된 것입니다. 허허 어어~~.

마을 앞 엄천강에 놀러온 낚시꾼들이 버리고 간 쓰레기까지 줍고 나니 더 이상 일거리가 없습니다. 그런데 이것도 일한 거라고 배가 출출합니다. 엄천강에 물고기가 팔딱팔딱 뛰는 것을 보고 "어탕이나 한 그릇 할까?" 하는 말들이 오가더니 금세 집에 가서 한 가지씩 가지고 왔습니다. 이장님이 해머를 가지고 오고 석태 어르신은 뜰채를 가지고 오셨습니다. 나도 질세라 고기 담을 양동이를 가지고 왔습니다.

엄천강에서 고기 잡는 거 참 쉽습니다. 해머로 돌을 때리면 돌 밑에 숨어 있던 고기가 잠시 기절합니다. 고기가 정신이 들기 전에 얼른 주워 담으면 끝! 아니면 고기가 숨어있음 직한 바위 밑에 손을 넣으면 들킨 고기들이 자수합니다. 자수한 고기는 모두 양동이에 담으면 끝!

사실 어탕 한 그릇 먹으려고 직접 고기를 잡아서 배를 따고 갈아서 끓여 먹는다는 게 여간 번거로운 일이 아닙니다. 차라리 강 주변에 있는 어탕집에서 한 그릇 사먹는 게 나을 수도 있습니다. 그런데 나이 드신 어르신들까지 강

©유진국

에 뛰어들어 고기잡이에 몰두하는 것은 이게 사람 사는 재미이기 때문입니다. 아주 오랜 옛날 수렵시대 때부터 전해 내려온 유전자가 우리 가슴속에 있어 물고기가 뛰면 가슴이 뛰어 나이도 잊고 쫓아가지는 겁니다. 그래 내친 김에 엄천강에 사는 물고기 친구들을 소개합니다.

몸매가 날씬한 이놈을 이곳에서는 기생오라비라고 합니다. 여울진 일급수에서 사는데 겨울에 큰 바위를 한번 때린 뒤 돌을 들추면 기생오라비를 수십 마리 주워 담을 수 있었다고 합니다. 진짜 이름은 쉬리.

맨 아래 사진은 재작년 이맘때 친구가 놀러 와서 낚시로 잡은 꺽지인데 어른 신발만 한 크기의 꺽지가 한 군데서 계속 올라왔습니다. 소금에 간해서 구워 먹었는데 어떤 맛인지 아는 사람은 다 압니다.

똥고집
부리다가

# 전동가위 이야기(1)

'이건 이길 수밖에 없는 게임이야, 앗싸!'

아침에 공구 상자를 들고 감나무 전정 작업하러 집을 나서는데 웃음이 막 나왔습니다.

매년 이맘때 사나흘 감나무 전정하느라 높은 사다리에 올라서서 톱질을 하고 나면 손가락 마디마디 물집이 잡히고 다리가 후들거렸는데, 올해는 충전용 전지가위를 빌려 손쉽게 작업할 수 있게 된 것입니다(세상 참 오래 살고 볼 일이야). 관운장이 천리마를 달리며 청룡언월도를 휘두르듯 감나무 가지를 댕강댕강 잘라낼 생각을 하니 입이 자꾸 벌어졌습니다. 일은 장비가 하는 거지 사람이 하는 게 아니라는 생각이 들었고, 반나절만 수고하면 깔끔하게 끝날 것이라는 생각에 여유까지 부렸습니다.

충전용 전지가위는 동력으로 가지를 자르는 것이니 내가 크게 힘쓸 일은 없습니다. '열려라 참깨!' 하듯 '잘려라, 가지!' 하고 주문을 외면 가위가 나뭇가지를 싹둑 잘라주는 것입니다. 프랑스에서 수입된 고가의 장비로 하루 사용료 2만 원 내고 농기계 임대사업소에서 빌려 왔습니다. 오후 5시까지만 반납하면 되는데, 얼추 반나절만 작업하면 될 것 같으니 시간은 충분했습니다. 즐거운 마음으로 휘파람 불며 과수원으로 가는데 사랑이가 따라 붙었습니다. 나는 그냥 기분이 좋아 휘파람을 분 건데 사랑이는 자기를 불렀다고 우기고는 긴 꼬리를 빙빙 돌리며 앞장섰습니다.

충전용 전지가위는 다 좋은데 딱 한 가지 아쉬운 점이 있습니다. 방탄조끼 같은 옷을 입고 사용해야 한다는 것입니다. 조끼 형태의 이 옷에는 무게가 제법 나가는 충전 배터리 여러 개가 들어 있고 전선이 전지가위와 안전장갑에 연결되어 있는데, 조끼를 걸칠 때 테러리스트가 입는 폭탄 조끼 같은 느낌이 들었습니다. 어쨌든 살짝 긴장된 기분으로 조끼를 입고 시스템 전원을 켠 뒤 사다리에 올라서서 첫 번째 가지를 막 자르려고 하는 순간 전화벨이 울렸습니다.

사다리 꼭대기에서 불안하게 전화를 받으니 블루베리 나무를 사러 손님이 왔다고 합니다. 테러리스트 같은 복장으로 손님을 맞을 수는 없는지라 조끼를 벗어놓고 집에 갔더니 아주머니 세 분이 빨간 경차를 타고 와 있었습니다. 재미로 블루베리를 한두 그루씩 심어보겠다며 모두 다섯 그루만 달라고 하는데, 차는 작고 나무는 커서 더는 실을 수도 없었습니다. 뒷좌석에 다섯 그루를 겨우 구겨 넣고는 아주머니 한 분은 나무 위에 얹혀 갔습니다.

어느새 점심시간이 되었습니다. 감나무 전지는 아직 시작도 못했는데…….

# 전동가위 이야기(2)

내가 반나절에 과수원 이천 평 전정 작업을 끝낼 수 있겠다고 생각한 데에는 나름 근거가 있었습니다. 우선 나는 전동가위 업체가 올린 제품 소개 동영상을 보았는데, 농사라고는 한 번도 지어본 적이 없을 것 같은 금발의 외국 여성이 활짝 웃으며 전동가위로 포도나무 가지를 치고 있었습니다. 사람이 톱이나 일반 전정가위로 가지를 자르느라 힘을 쓰다보면 자신도 모르게 얼굴이 일그러질 텐데, 그 아름답고 가냘프기까지 한 여성은 생글생글 웃는 얼굴로 너무도 쉽게 가지를 싹둑싹둑 베어내고 있었습니다. 콧소리 섞인 불어로 사용 요령을 설명할 때는 마치 오페라에서 프리마돈나가 레치타티보(말하듯이 노래하는 것) 하듯 우아해보였습니다. 영락없이 〈마술피리〉에 나오는 여주인공 파파게나였습니다. 한마디로 일을 한다기보다 즐거운 공연을 하는 것 같았습니다. 어떤 블로거는 눈 내린 겨울날 전동가위로 사과나무 전정 작업을 하고 나서 "세상 참 좋아졌다!"는 후기를 올리기도 했기에 나도 감나무 과수원 이천 평쯤이야 반나절이면 쓱싹 해치울 수 있으리라는 자신감이 들었던 것입니다.

오전엔 손님이 오는 바람에 작업이 중단되었지만 오후에 방해꾼만 없다면 시간은 충분했습니다. 나는 점심을 느긋하게 먹고 첫 번째 가지에 가위를 대고 방아쇠를 당겼습니다. 그런데 황당하게 가위가 싹둑 잘라내지 못하고 가지에 날이 박힌 채로 멈춰 섰습니다. 설상가상, 가위를 빼내고 방아쇠를 다시 당겨보니 먹통이 되어버렸습니다. 동영상의 그 여자는 경쾌한 음악에 맞춰 정말 쉽게 자르던데 도대체 나는 왜 이럴까?

일단 사다리에서 내려와 공구 상자를 뒤져보니 사용설명서에 응급조치 요령이 있었습니다. 전원을 오프했다가 다시 켜시오. 빨간 단추를 5초간 누르시오. 액정에 블레이드라는 글자가 깜박깜박할 때까지 기다렸다가 다시 3초간

누르시오. 설명서가 시키는 대로 단추를 누르고 기다리니 다행스럽게도 가위가 다시 작동이 되었습니다. 이번에는 손가락만큼 가는 가지를 연습 삼아 잘라보니 싹둑 잘렸습니다. 이제 잘 되는구나 싶어 다시 내가 원하는 굵은 가지를 자르려 하니 유감스럽게도 가지가 싹둑 잘라지지 않고 또다시 날이 박힌 채로 요지부동입니다. 아무래도 문제가 있는 전동가위를 잘못 빌려온 게 아닐까 하는 의심이 들었는데, 때마침 걸려온 전화가 나를 구원해주었습니다.

오전에 빨간 경차를 끌고 와 블루베리 다섯 그루를 싣고 갔던 아주머니 세 분 중 한 분이 갤로퍼와 남편을 끌고 와 스무 그루를 더 가져가겠다고 이미 밭에 도착해서 전화를 한 것입니다. 나는 전동가위용 특수 조끼를 벗어던지고 블루베리 밭으로 달려갔습니다. 블루베리 나무 스무 그루를 파내기 위해 부지런히 삽질을 하면서도 나는 전동가위 생각만 했습니다. 이러다 정작 전지는 하나도 못하고 가위를 반납하게 되는 게 아닌가 하는 불길한 생각이 들었습니다. 감나무 과수원 윗밭에서 오전부터 종만 아재가 관심을 가지고 지켜보는 것 같았는데, 정작 내가 작업을 하나도 못하고 왔다 갔다 하다 해가 넘어가면 솔직히 망신인 것입니다.

이야기가 길어져서 그냥 결론만 말하겠습니다. 블루베리 나무 사겠다는 사람이 그 뒤에도 세 번 더 오는 바람에 나는 세 번 더 왔다 갔다 했고, 전동가위는 쓰다보니 요령이 생겨 굵은 가지는 여러 번 나누어서 자르는 기술도 익히게 되었는데, 일이 손에 익을 만하니 반납할 시간이 되어 아쉽지만 다음을 기약해야 했습니다(내가 전정 작업을 얼마나 했는지는 절대 밝힐 수 없습니다).

# 전동가위 이야기(3)

드디어 전동가위를 다시 확보했습니다.

삼백만 원을 호가하는 비싼 충전식 전동가위는 많은 과수 농가가 임대사업소에서 신청 순으로 빌려 쓰는 것이라 내가 시간이 날 때는 가위가 다른 농가에 가 있고, 가위가 준비되었을 때는 내가 또 바쁘고 이래저래 숨바꼭질하다 작업이 지연되었는데, 이제 감나무 새순이 빼꼼빼꼼 나오고 있는지라 더는 미룰 수가 없게 되었습니다. 늦었지만 다행히 기회가 돌아왔습니다.

아무리 전동기계라지만 사람이 하는 일이라 과수원 이천 평 작업하려면 한나절은 부지런을 떨어야 합니다. 지난

번 처음 가위를 빌렸을 때에는 홍보 동영상에 넘어가 반 나절이면 충분하겠다 싶었는데, 실제 해보니 어림없었습니다. 광고는 광고일 뿐 실전에서는 가지가 조금만 굵어도 쉽게 잘라지지 않았습니다. 굵은 가지는 아예 잘라지지 않아 손톱을 허리춤에 차고 다녀야 했습니다.

어쨌든 이번에는 이른 아침부터 서둘러 마당을 나서는데 아뿔싸, 비가 내립니다. 정말 유감스럽습니다. 최근 계속 임대 출장 중이던 전동가위가 어쩐지 쉽게 내 손에 들어오더라니, 비 예보가 있었던 것입니다.

농사는 장비가 하는 거라지만 하늘이 도와주지 않으면 안 됩니다. 최근 계속 날씨가 좋아 산과 들에 꽃이 피는 것만 쳐다보고 일기예보를 보지 않았던 게 불찰이었습니다. 비가 오는데 무리하게 미끄러운 사다리를 타고 작업을 강행할 수는 없었습니다. 그렇다고 하늘만 쳐다보고 있자니 작업도 작업이지만 덤벙댄 내가 한심하고 돈도 아깝습니다(이거 한 나절 빌리는 돈이 얼만데, 이런).

다행히 비는 그쳤습니다. 이른 점심을 챙겨 먹고 과수원으로 달려가는데, 봄비로 목욕재계한 신록이 막 채색한 그림입니다. 조팝나무 군락 하얀 꽃방망이마다 안타성 향기를 마구 날립니다. 무덤 옆에 할미꽃 피고 솜방망이도 노

란 꽃대를 쑥쑥 올렸습니다. 머위 꽃도 지천입니다. 엄천골 사람들은 머위를 머구라 하고 머위 꽃은 할배라고 하는데, 처음에는 왜 꽃을 할배라고 하는지 이해가 되지 않았습니다. 꽃보다 할배? 이건 순전히 내 생각이기는 하지만 하얀 골프공처럼 생긴 꽃이 할배 머리를 닮아서 그리 부르는 것이 아닌가 싶습니다.

방탄복 같은 배터리 조끼를 걸치고 왼손에는 안전장갑 오른손에는 전동가위를 들고 헐떡거리며 비탈을 올라가는데 여름촌댁 할머니가 중산골에서 내려오십니다.

"어데 가? 밭에 전지하러 가?"

"네, 할머니. 감나무가 순이 나오는데 많이 늦었어요. 나물 캐고 오시나봐요?"

"두릅 쪼매 꺾었제."

할머니는 쪼매 꺾었다는 두릅 보따리를 보여주시는데 쪼매가 아닙니다. 이만큼이 쪼매라 하면 지리산을 뒷동산이라 해야 할 것입니다.

중산골짝에 두릅이 많이 피었으니 강 건너 마을 사람들 오기 전에 얼른 가보라는 여름촌댁 할머니 말에(주위에 아무도 없는데 할머니는 조심스레 뒤를 돌아본 뒤 내 귀를 당기고 속삭이셨습니다) 어렵게 빌린 전동가위로 예정된 작업을 할 것인지 아니면 엄청난 농가 소득이 예상되는 두릅을 꺾으러 갈 것인지 한참을 망설였습니다.

오전에 비올 땐 하필이면 오늘 전동가위를 빌린 게 후회스러웠고, 오후에는 감나무 밭으로 가다 여름촌댁 할머니를 만난 게 원망스런 하루였습니다(오늘 엄천골에 사는 어떤 농부가 할 일을 제끼고 산에 두릅 꺾으러 갔다가 뒷북만 치고 내려왔다는데, 그가 누군지 밝힐 수는 없습니다).

# 풀들에게 한 방 먹이다

주말 아침 농기계임대사업소에서 동력제초기를 싣고 오는데 휘파람이 절로 나왔습니다. 세상에 이렇게 좋은 게 있을 줄이야. 그동안 무거운 예초기 메고 풀 베느라 죽을 똥 쌌던 것을 생각하니 너무 억울합니다.

감 농사를 하며 제일 힘들었던 게 풀베기입니다. 나에게 있어 농사의 7할은 풀이었습니다. 베어도 베어도 자라나는 풀을 어찌하지 못해 항상 고민이었습니다. 지난겨울 다친 발을 핑계로 감 농사를 한 해 쉴까 하는 유혹도 받았습니다. 하지만 농사에 안식년이란 없습니다. 한 해 쉰다는 건 곧 농사를 포기한다는 것입니다.

전투에서 밀려 백기를 투항하기 직전 천군만마의 지원군을 얻은 기분. 이제 상황은 내가 장악하게 된 것입니다.
(흐흐, 풀들아 기다려봐바 이제 느거들 다 죽었어!)

나는 휘파람을 불며 동력제초기를 운전했습니다. 장비를 빌려오기 전에 동영상을 보며 작동 방법을 충분히 숙지했기 때문에 비록 처음 사용하는 거지만 낯설지도 않고 어렵지도 않았습니다. 시동 걸고 전진하면 끝. 정말 쉽습니다. 과수원의 주 통로를 따라 전진하는데 웃음이 막 나왔습니다. 세상에 풀베기가 이렇게 쉬운 것을, 그동안 예초기 돌리느라 고생했던 생각을 하니 먼 옛이야기 같습니다.

예초기는 돌이나 나무 조각이 튀어 항상 위험합니다. 안전망을 쓰거나 보안경을 끼고 작업해도 재수 없으면 사고가 납니다. 수년 전 이웃 마을 사람이 안전망을 쓰고 작업했는데도 철사 조각이 튀어 한쪽 눈을 실명했습니다. 어떤 사람은 예초기로 풀을 베다가 발을 베어 입원하기도 합니다. 이런저런 사고도 사고지만 예초기는 툭하면 고장이 납니다. 잘 되던 예초기가 밭에 와서 막 일을 하려고 하면 시동이 안 걸리는 경우가 있습니다. 그땐 읍에 있는 수리점으로 달려갑니다. 대부분 합당한 이유가 있어 시동이 안 걸린 건데, 어떤 때는 안 걸리던 시동이 수리점 사장이 당기면 한 방에 걸리는 경우도 있습니다. 그럴 때는 정말 미치고 팔딱 뜁니다. 어쨌든 기계도 기계치를 알아보는 것입니다.

오늘 내가 작업해야 할 감나무 밭은 이천 평입니다. 출발은 좋았습니다. 아침에 기계를 빌리느라 시작이 좀 늦어졌지만 동력제초기의 능력은 예초기와는 비교가 되지 않습니다. 핸들을 잡고 구르는 바퀴 따라 왔다 갔다 하니 밭이 훤해집니다. 윗 밭에서 예초기로 풀을 베던 종만 아재가 참 좀 먹고 하라며 준비해온 고구마를 나눠주러 왔는데, 밭을 보더니 풀이 제대로 안 베어진 거 같다고 합니다. 그래서 "그래요?" 하고 살펴보니 풀이 베어지지 않고 그냥 기계의 무게에 눌려 쓰러져 있었던 것입니다. "이거 안 이런 건데, 왜 이렇지?" 하고 종만 아재가 동력제초기를 작동해보는데 어라, 풀이 깔끔하게 잘려나갑니다. 기계를 멈춘 아재가 "자네 칼날 작동 레바(레버)를 안 땡기고 했구만. 잘 짤리는데?" 하고는 한마디 덧붙입니다. "안 그래도 위에서 보니 뭔가 이상해서 한번 내려와본기라."

아이코, 이거 창피해서 쥐구멍이 있으면 일단 들어가고 싶습니다. 그동안 휘파람 불며 한 작업이 풀을 자르지는 못하고 뭉개고만 다닌 거라니, 세상에 기계치 올림픽이 있으면 나는 단연 금메달감일 것입니다.

동력제초기 중엔 내가 사용한 보행용 외에 승용도 있습니다. 승용은 칼날을 확장하면 아무리 넓은 밭도 단시간에 처리한다고 합니다. 보행용도 평탄한 지형에서는 쓸 만한데, 우리 과수원처럼 헛골(밭고랑)이 많거나 갈대처럼 억센 풀, 칡넝쿨이 많은 곳은 작업이 힘듭니다. 갈대는 워낙 억세서 바퀴가 갈대를 타고 올라가 버리니 차라리 수동예초기가 빠릅니다. 칡넝쿨이 많으면 칼날과 바퀴 축을 감아 버리니 계속 시동이 꺼집니다. 방향 전환 레버가 있기는 하지만 불편해서 힘으로 방향 전환을 해야 하기 때문에 반나절 작업하고 나면 온몸이 뻐근합니다. 땀으로 목욕하는 것은 기본이고요.

©유진국

점심 먹고 오후 작업으로 이어져 '동력제초기는 넘 힘들구나. 아무래도 오늘 몸살 날 거 같다' 하고 투덜거리는데 바퀴가 고랑을 빠져나오면서 문제가 생겼습니다. 칼날 덮개가 휘어지며 바퀴에 끼어버렸습니다. 휘어진 덮개를 펴려고 집에 가서 망치와 펜치를 가지고 왔습니다. 펜치로 펴려고 해보니 어림도 없고, 망치로 두드리니 덮개가 바퀴를 더 파고들기만 합니다. 계속 두드리면 바퀴가 찢어질 거 같아 망치를 버리고 보니 문제의 덮개 부분은 분리가 가능한 것입니다.

다시 집에 가서 공구함을 들고 왔습니다. 이 공구함은 내가 수년 전 진주 농업기술센터에서 보름간 합숙하며 영농기계기술교육을 수료하고 '기계화 영농사' 증과 함께 선물로 받은 것입니다. 이 공구함에는 없는 게 없습니다. 무게도 장난이 아닙니다. 이 공구함에 있는 공구 중 어떤 것이든 맞는 게 있을 거라는 생각에 무겁지만 낑낑거리며 가지고 와서 해당 공구를 찾았는데, 정작 필요한 건 조그만 스패너 하나였습니다(스패너 작은 거 몇 개만 주머니에 넣고 왔어도 되는 건데……).

과수원의 평탄한 곳은 사실 오전에 작업이 끝났고, 오후엔 헛골을 피해서 할 수 있는 데까지 할 참이었습니다. 그런데 얼마 하지도 못하고 문제가 생기는 바람에 오후 시간 절반을 공구 가지러 집에 왔다 갔다 하고 망치 휘두르며 시간을 허비하고 나니 의욕이 뚝 떨어져버렸습니다. 이렇게 기계 수리하고 망치질하며 시간 보내느니 차라리 예초기 메고 하는 게 낫겠다는 판단이 들어 그냥 기계를 반납해버렸습니다.

그래도 재미는 있었습니다. 평탄한 곳에서 기계를 몰 때는 정말 통쾌했습니다. 그동안 나를 괴롭힌 풀들에게 멋지게 한 방 먹인 것입니다.

# 기계치 농부 포크레인을 운전하다

내가 해냈습니다.

엄천골에서 알아주는 기계치인 내가 포크레인을 직접 운전해서 배수로 작업을 했다면 아무도 믿지 않을 것입니다. "고뤠?" 하고 코로 웃을 것입니다. 그런데 세상에, 내가 해냈습니다. 두 번은 아찔한 사고로 이어질 뻔하기는 했지만 말입니다.

몇 년 전 봄에 나는 미니 포크레인이라는 그 위험한(?) 장비를 내 손으로 직접 운전해서 감나무 밭 배수로를 정비했고 배수관도 묻었습니다. 사람을 불렀더라면 적지 않은 돈이 나갔을 텐데 말입니다.

물론 쉽지는 않았습니다. 이웃 농부들은 포크레인 작업이든 용접이든 다 직접 하는데, 나는 뭐든 사람 불러서 하니 돈도 돈이지만 남자 체면이 영 말이 아니었습니다. 그래서 '나라고 못할 거 뭐 있나? 죽기 아니면 까무라치기다!' 하고 도전한 것입니다.

농기계임대사업소에서 미니 포크레인을 빌릴 때 굴삭기 운전 경력을 묻기에 "경력이 있다"고 했습니다. 미니 포크레인은 사고 위험 때문에 지금은 운전 경력이나 면허가 없는 사람은 임대불가지만 몇 년 전만 해도 그게 좀 느슨했습니다.

경력이 있다고 했지만 사실 나는 이웃 농부가 포크레인 작업할 때 한번 해보라고 해서 30분 정도 핸들 조작을 배운 게 다였습니다. 그렇지만 거짓말한 것은 아닙니다. 경력이 얼마나 되느냐고 구체적으로 묻지 않았기에 경력이 30분이라고 구체적으로 대답하지 않았던 것뿐입니다.

처음 임대 예약한 날에 바람이 심하게 불었습니다. 솔직히 겁이 나던 차에 잘되었다 싶어 기쁜 마음으로 한 주 연기했습니다. 그런데 그 다음 주에도 비 예보가 있기에 얼씨구나 하고 한 주 더 연기했습니다. 운명의 날이 기어코 닥쳐오자 전쟁터에 가는 심정으로 집을 나섰습니다.

미니 포크레인을 하루 빌리면 4만 원입니다. 같은 장비를 사람 부르면 45만 원이니 도전해볼 만한 가치가 있습니다. 그런데 사업소 직원이 장비를 실어주기 전에 "잠깐만요!" 하더니 나더러 한번 운전을 해보라고 합니다. 그럼 그렇지, 어쩐지 뭐가 술술 넘어간다 싶더니 내 가난한 경력이 들통이 나게 생겼습니다. 나는 "이거 구보다네" 하며 아는 척했습니다. 예전에 쓰던 거랑 조금 다르다면서 이게 이건가 저게 저건가 하며 기억을 되살리는 척 이것저것 조작해보니 포크레인 바가지가 올라갔다 내려갔다 하고 팔을 쭉 뻗더니 한 바퀴 빙 돕니다. (아이쿠, 놀래라!)

나는 큰소리로 "좋네요. 정비도 잘 해놓으셨네요" 하며 너스레를 떨고는 얼렁뚱땅 장비를 싣고 왔습니다. 포크레인은 흔히 보는 큰 모델보다 내가 빌린 작은 포크레인이 더 위험하다고 전문가는 말합니다. 작은 것은 잘 넘어져서 사고가 잘 나니 반드시 바닥이 평평한 곳에서 안전을 확보하고 작업을 해야 한다고 경고합니다.

아닌 게 아니라 사고가 날 뻔했습니다. 그것도 두 번씩이나. 첫 번째는 트럭에 싣고 온 장비를 땅에 내릴 때였습니다. 트럭에 사다리를 걸치고 장비를 조작해 살금살금 내려가는데 궤도바퀴가 수평 상태에서 사다리가 놓인 각도로 내려서는 순간 갑자기 기우뚱하는데…… 아이쿠야, 운전석에 앉아 있던 몸이 아래로 휘청해서 중심을 잡는다는 게 아무 핸들이나 잡히는 대로 당겨버렸고 굴삭기는 순식간에 아래로 돌진했습니다. 다행

ⓒ유진국

히 하느님이 보우하사 무사히 땅으로 내려왔습니다. 굴러 떨어지는 줄 알았습니다. 깜짝 놀랐던 그 순간이 그날 밤 꿈에 다시 나타났습니다.

놀란 가슴을 진정시키며 본격적으로 배수로 작업을 하는데 '당연히' 도대체 되는 게 없습니다. 굴삭기 바가지를 숟가락이라고 한다면 숟가락으로 밥을 떠서 입에 넣어야 하는데 어깨 너머로 홱 던지기를 반복하고, 국을 떠서 입에 가져가다가 무릎에 쏟아버리는 식으로 진도가 안 나갔습니다. 대화가 안 통하는 기계의 손을 빌려 일을 하려니 차라리 삽질하는 게 빠르겠다는 생각까지 들었지만 처음부터 잘하는 사람은 없는 법입니다. 나는 밥 푸는 연습을

하고 또 했습니다.

그런데 숙달이 되고 운전이 좀 익숙해지니 세상에 이렇게 재밌을 수가! 배수로를 파는데 원추리가 보이기에 집 주변에 옮겨 심으면 좋겠다는 생각에 포크레인으로 원추리를 파서 모으는 엉뚱한 짓도 했습니다. 사고는 항상 이런 방심의 순간에 찾아옵니다. 나처럼 포크레인을 빨리 배운 사람이 있을까 우쭐하여 의기양양하게 바가지를 조작했는데 한번은 바가지가 큰 바위 밑에 끼어버렸습니다. 그런데 굴삭기로 들 수 있는 바위가 아니어서 바가지를 도로 빼내야 하는데, 바보 같은 기계치가 핸들을 반대로 당겨버렸습니다. 굴삭기가 갑자기 기우뚱하며 요동을 치더니 나를 먼저 패대기쳐버렸습니다. 굴삭기도 같이 넘어졌더라면 큰 사고가 났을 텐데, 하느님이 또 보우하사 오뚜기처럼 흔들흔들하더니 용케 균형을 잡고 섰습니다. 옷을 좀 버리고 얼굴에 머드팩을 한 것 말고는 별다른 피해는 없었습니다. 웃기는 건 하마터면 큰 사고가 날 뻔했는데 우째 이런 순간에도 남의 눈치가 보이던지……. 근처에서 밭일하시던 할머니와 종만 아재가 나의 우스꽝스런 모습을 봤을까 싶어 도랑에 엎어진 채로 가만히 상황을 지켜보았습니다. 다행히 아무도 못 본 것 같아 옷을 툭툭 털고 다시 굴삭기 위로 올라갔습니다.

이야기가 길어져 결론만 말해야겠습니다. 나는 이틀 동안 부지런히 땅을 파고 성공적으로 배수관을 묻었습니다. 하지만 한 달 뒤 큰 장비를 불러 그 일을 다시 해야 했습니다. 내가 묻은 배수관이 본분을 다해주지 않았기 때문인데, 자세한 이유는 절대로 밝힐 수 없습니다. 결과적으로 돈이 더 들었습니다. 하지만 내가 얻은 것도 있습니다. 이 이야기를 시작하면서 첫 줄에 쓴 걸 보시면 압니다.

# 나는야 전투기 조종사

요즘 날씨가 장난이 아니라 조금이라도 덜 더울 때 일하려고 꼭두새벽에 일어났습니다. 유월 초순 감꽃 떨어질 무렵 1차 방제를 하고 나서는 장마 핑계로 미루고 있다가 한 달이 넘도록 2차 방제를 하지 못했습니다. 장마에 병충해가 많이 생겼을 텐데 시기를 놓친 것 같아 내심 걱정은 되었지만 지나간 버스 손 들기입니다. 부지런한 농부들은 3차, 4차까지 했다는데 나는 어차피 늦어진 거 올해 감 농사는 이번 2차 방제를 마지막으로 하고 그 결과는 운에 한번 맡겨보기로 했습니다.

새벽이라 그런대로 선선해서 뜨거운 커피 한잔 마시고

필요한 것들을 준비했습니다. 방제 약품, 마스크, 방호복, 보안경, 밀짚모자, 식수, 장갑, 수건 등을 챙겼습니다(챙겼다고 생각했습니다). 트럭에 실린 물탱크엔 물을 받아 놓았고 동력기와 분사 호스도 점검했는데 이상이 없었습니다(어제까지는). 요즘 나오는 약이 아무리 저농약이라지만 챙길 건 챙겨야 합니다.

이것저것 준비하는 동안 어느새 골짝에 해가 올라오니 살짝 초조해졌습니다. 그래서 조금이라도 덜 더울 때 끝내려고 서둘러 트럭을 끌고 밭으로 갔습니다. 밭 끄트머리까지 호스를 길게 풀어놓고 방호복을 입었습니다. 방호복은 공군 조종사가 입는 항공복이랑 비슷한 후드 달린 일체형인데, 전투기 조종사라도 된 듯한 기분이 들어 마음이 흡족했습니다. 그 후드 위에 밀짚모자까지 써주면 머리 위로 떨어지는 (총알은 막지 못하겠지만) 햇볕과 농약으로부터 안전할 터였습니다.

그런데 그 밀짚모자가 안 보입니다. 분명 트럭에 실려 있었는데(실려 있다고 생각했었는데) 사라졌습니다. 귀신이 곡할 노릇입니다(건망증이 심한 나는 요즘 이것저것 흘리고 다닙니다. 유감스럽지만 모자를 어디서 흘렸는지 기억이 없습니다). 어쨌든 꼭 필요한 물건이라 더 생각할 것도 없이 모자를 찾으러 집으로 갔습니다. 차를 타고 가면 빠르겠지만 그냥 빠른 걸음으로 걸었는데, 덧입은 방호복 때문에 제법 땀이 났습니다. 집 구석구석을 뒤져도 밀짚모자가 안 보여 대체할 만한 것을 찾다가 아들 야구 모자를 빌려왔습니다. 야구 모자를 쓰니 좀 더 멋져 보이긴 합니다.

방제마스크를 착용하고 보안경만 끼면 완전 모델인데, 이번에는 그 빌어먹을 보안경이 안 보입니다. 보안경 찾는 동안 해가 뜨거워지겠다 싶어 그냥 약을 치기로 하고 물탱크에 약을 타려고 하는데 아뿔싸, 제일 중요한 약봉지도 안 보입니다. 데크에 올려놓고 서두르다가 그냥 온 것입니다. 전투기 조종사가 탄약 없이 기총소사를 할 수는 없는 것이기에 할 수 없이 다시 한 번 집으로 달려갔습니다.

새벽부터 땀을 삐질삐질 흘리며 왔다 갔다 하는 '관심농부'에게 아래 밭에 새벽일 나온 영감님이 한 소리 하십니다.

"어이, 유진국이, 멋지다. 그래 입으니 조류독감 살처분하는 사램 같구만." (헐, 나는 전투기 조종사라 생각했는데…….)

# 와이프 교환하기

와이프(표준말로는 와이퍼)를 바꾼 지가 오래되어 또 바꿔야 합니다. 그냥 헌 것 들어내고 새 것 끼우면 될 것 같은데, 그게 생각처럼 만만치가 않습니다.

카센터에 가자니 괜한 돈이 들 것 같고 직접 하자니 자신이 없습니다. 몇 달 전부터 너덜너덜하던 와이프가 조수석 쪽은 잘 안 닦이고 운전석 쪽은 고무가 아예 떨어져나갔습니다. 이번엔 한번 직접 해보려고 와이프를 사왔습니다. 그런데 두 가지 문제가 생겼습니다. 하나는 작업이 생각보다 어렵다는 것이고, 또 하나는 두 개를 교체해야 하는데 한 개만 덜렁 사온 것입니다. 게다가 그 한 개도 쓸데

없이 비싼 걸 사왔습니다. 반품하고 그 돈으로 두 개를 가져왔습니다.

이제 헌것을 분리하고 새것을 장착하기만 하면 되는데 역시 잘 안 됩니다. 하긴 처음부터 쉬울 거라는 생각은 안 했습니다. 차분하게 사용설명서를 읽고 나서 다시 시도해 보았는데, 여전히 어렵습니다. 그렇다고 창피하게 이제 와서 이걸 들고 카센터로 갈 수는 없는지라 인터넷에 와이프 교체 방법을 검색해보니 앗싸, 고맙게도 동영상까지 있습니다. '아하. 이렇게 하는구나. 하나도 안 어렵네?' 하고 동영상에서 본 대로 해서 분리 성공. 이제 새걸 장착만 하면 되는데, 내가 사온 것은 구조가 살짝 다릅니다. 구조는 다르지만 원리는 같을 거란 생각에 이렇게도 해보고 저렇게도 해보았는데, 아무리 해도 안 됩니다.

이웃 사는 후배가 지나가기에 불러 도움을 청하니 "형님 이것도 못합니꺼" 하고 달려듭니다. 큰소리 탕탕 치더니 체면이 구깃구깃해지자 손재주 좋은 동호 씨에게 전화를 겁니다. 그러고는 "내 여기 진국이형님 집인데, 와서 와이프 좀 바꿔바바. 내는 지금 쫌 바빠서 그래" 하고는 도망을 가버렸습니다. 마침 막 집을 나서는 참이었다는 동호 씨가 달려와서 이리저리 주물럭거리더니 철커덕 조립을 해버립니다. "세상에, 이렇게 쉽게 하는 것을!" 하고 고마워하니 동호 씨가 다시 분리해놓고 나더러 직접 해보라 합니다. "똑같이 하면 되지!" 하고는 방금 본 대로 하는데, 젠장 나는 왜 안 되는 걸까요. 아무래도 나는 와이프 바꾸는 데는 재주가 없는 모양입니다.

# 똥고집 부리다가

"그만두시게, 이 사람아. 사람은 그냥 남 하는 대로 해야 하능기라."

내가 날씨에 따라 곶감 채반을 들고 하우스와 냉동고 사이를 왔다 갔다 하는 것을 보고 곶감 일을 도와주는 절터댁이 고개를 저으며 하던 말입니다.

날씨 변화에 맞춰 곶감을 이리저리 옮기는 것은 곶감의 때깔을 곱게 유지하기 위해서입니다. 유황으로 훈증하지 않고 말리는 곶감은 숙성 과정에서 대부분 때깔이 검게 변해버립니다. 날씨가 맑으면 괜찮지만 흐리거나 비가 오면 곶감이 수분을 먹고 한순간에 검게 변해버리기 때문에 날씨가 궂을 때는 반드시 곶감을 냉동실로 옮겨두어야 합니다. 뭐 더 좋은 방법이 있을 수도 있겠지만 적어도 내가 아는 햇볕과 바람을 이용하는 자연숙성 방식은 그렇다는 것입니다.

수시로 변하는 날씨에 맞춰 곶감 채반을 옮기는 일은 확실히 힘이 들어서 때로는 내가 괜한 고생을 사서 하는 것 아닌가 하는 생각이 들기도 합니다. 절터댁 말대로 남들처럼 유황 한번 피우면 이 고생 저 난리 안 쳐도 연예인처럼 고운 곶감을 손쉽게 만들 수 있을 텐데, 생얼로 때깔 좋은 곶감을 만들겠다고 고집을 부리다 힘들 때는 내가 왜 이 짓을 하고 있나 싶습니다.

내가 아는 어떤 농부는 무유황으로 곶감을 말리는데, 때깔이 검게 된 곶감을 흑곶감이라는 이름으로 비싸게 팔고 있습니다. 곶감 말리기가 힘들 때면 나도 흑곶감이라는 이름으로 비싸게 팔아볼까 하는 생각이 슬그머니 고개를 듭니다. 하지만 무유황 곶감도 하기에 따라 때깔 좋은 상품을 만들 수 있다는 것을 아는 이상 그런 배짱을 부릴 용기가 나지 않습니다.

절터댁 말대로 정말 사람은 남 하는 대로 해야 하는 건데, 똥고집 부리다가 그만 사달이 나버렸습니다. 비 오는 날 2층 하우스에서 후숙 중인 곶감 채반을 1층 냉동고로 옮기다가 낙상사고를 당한 것입니다. 119의 도움으로 다리에 부목을 대고 대학병원 응급실로 실려 갈 때만 해도 이로써 곶감 농사는 종 치는 줄 알았습니다. 10년 곶감 경력에 남다른 노하우가 생겨 이른바 명인의 경지에 올랐다고 자만하고 있던 차에 이런 일을 당한 것입니다. 하지만 사고는 분명 인재였고 전적으로 내 잘못이었습니다.

두세 시간 걸리겠다던 수술이 끝이 나지를 않자 살짝 지루해졌습니다. 한쪽 다리를 부분 마취하고 의식이 말똥말똥한 상태에서 부서진 뼈를 가지고 퍼즐 맞추기를 하는데, 마취라는 마법의 힘 덕분에 하나도 아프지가 않으니 마치 꿈을 꾸는 것 같았습니다. 수술 팀이 주고받는 대화를 평가해보는 여유도 생겼습니다. "어허이, 이 사람아. 그건 이리 줘야지." (저건 무슨 시츄에이션일까? 전공의가 내 뼈 하나를 슬쩍하다가 들킨 걸까?) "어허이, 이 사람 정말 큰일 날 사람이네." (헐, 저건 또 어떤 상황일까? 인턴이 뭔가 중대한 실수를 한 모양인데…….) 집도의는 수술 내내 잠시도 쉬지 않고 호랑이처럼 으르릉 거리더니 수술이 끝나자 "제발 똑바로 해!" 하고는 먼저 수술실을 나갔습니다.

대학병원 관절전문병동 6인실. 좌측 침상에 누운 30대

젊은이는 나보다 이틀 뒤 나랑 비슷한 발 골절 수술을 했는데 2차 수술을 하게 되었습니다. 사진을 찍어보니 인대가 살짝 늘어나 있어 추가 수술을 해야 한다는 것입니다. 공사현장에서 낙상하여 다리를 심각하게 다쳤다는데, 정작 본인은 혈기왕성한 나이여서인지 얼굴이 아주 밝습니다. 어린 딸과 통화할 때는 아주 노래를 부릅니다. "하니야, 아빠 뽀오뽀해줘." "하니야, 노오래 불러줘." 사랑이 넘치는 목소리로 딸을 부를 때는 테너 가수가 흥겹게 노래 부르는 듯합니다. 아기 엄마랑 통화할 때는 밀크초콜릿처럼 목소리가 달콤해져 바리톤이 레치타티보 하는 것 같습니다. 여긴 농부가 있을 곳도 아니지만 어린 딸을 둔 활기 넘치는 젊은 아빠가 있을 곳이 결코 아닙니다. 얼른 털고 일어서 가족과 일이 있는 일상으로 돌아가기를 바랍니다.

건너편 침상의 70대 아저씨는 장군복이 어울릴 법한 호남이신데, 유감스럽게도 땡땡이 환자복을 입고 8주째 장기 입원 중이십니다. 그동안 이 병실에서 퇴원하는 환자만 아홉 명 보았다는데, 장기 입원자의 당연한 권리로 병실 TV 리모컨을 장악하고 있습니다. 겉보기엔 나이롱 환자 같은데 수년 전 지네에게 물린 상처가 깊어 아직 고생이십니다. 비록 깡총한 환자복을 입었지만 풍채가 당당한 데다

볼살이 넉넉하고 후덕해 보이셔서 옷만 갈아입으면 무공 훈장이 빛나는 퇴역장군이신데, 실제론 축협에서 정년퇴직하셨다 합니다.

수술 일 주일 후 나는 팔뚝에 연결된 수액선을 다 철거했습니다. 항생제도 중단했습니다. 한 주만 더 누워 있으면 실밥을 뽑고 통깁스를 하게 됩니다. 경과가 그다지 나쁘지 않다 보니 이제 의료진의 관심환자 리스트에서 제외되었습니다. 수술 전까지는 내가 밥을 얼마나 먹는지 물을 얼마나 마시는지 소변을 얼마나 누는지 그리고 내가 별로 알려주고 싶지 않은 것까지 꼬치꼬치 캐묻고 기록하더니 이제는 더 이상 관심이 없습니다. 오늘은 특별히 변을 많이 보았는데 왜 물어보지 않느냐고 따질 수도 없고, 이거 참 섭섭합니다. 주치의 회진 때도 "좋아요?" 한마디 하고 홱 돌아섭니다.

깁스를 풀고 로보캅 부츠 장착하고 집에 오니 사랑이가 겁나게 짖어댑니다. (사랑아, 나야. 왜 이래 짖어대니?) (주인님, 도대체 그게 뭐예요?) (이거 로보캅 부츠야? 어때? 멋지지 않니?) (차암, 주인님도 어처구니가 없네요. 영화를 많이 보더니……. 얼릉 벗어 던지라구요.)

지난번 깁스하고 휠체어를 탄 모습을 보고 엄청 짖어대

더니 이번엔 로보캅 부츠를 신고 온 나를 향해 다시 한 번 겁나게 짖어댑니다. 로보캅이라는 사악한 적으로부터 주인님을 지키겠다는 일념으로 짖는 것입니다. (사랑아, 됐다. 고마해라. 이제 많이 짖었다 아이가!) (천만에요, 주인님. 목이 쉬는 한이 있더라도 끝까지 짖을 거구만요.) 나는 도무지 사양할 수 없는 사랑이의 삼엄한 경호 아래 목발을 짚고 로보캅 다리를 내딛습니다. 목발에 힘을 싣고 발목을 부들부들 떨며 조심스레 일어서는데, 세상에 이럴 수가,

걸음이 걸어집니다. 이렇게 쉽게 걸어지다니! 당분간 걷지 못할 거로 생각했는데 깁스 풀자마자 걸을 수 있다는 사실이 거짓말 같기만 합니다. 뭐 걸을 때 발이 좀 아프긴 합니다. 하지만 이 정도는 참을 만하고, 굳었던 관절이 풀리고 근육에 힘이 붙으면 로보캅 신발도 벗어던지고 목발도 필요 없을 것입니다.

목발을 짚고 제일 먼저 간 곳은 미용실입니다. 머리 자르고 염색을 해서 일단 10년 젊게 만들었습니다. 두 번째로 간 곳은 백화점. 기껏 들깨 칼국수 한 그릇 먹고 왔지만, 그래도 내 걸음으로 걸어가서 외식을 한 것입니다. 세 번째로 간 곳은 곶감 덕장. 다치는 바람에 미처 포장하지 못한 곶감이 제법 남았는데, 냉동실에서 오랜 시간 숙성이 되어 명품이 되어 있었습니다.

아침부터 하늘에 구름이 가득하더니 눈이 내립니다. 눈이 좀 많이 내렸으면 좋겠습니다. 이번 눈은 한 해 농사를 축복하는 고마운 눈입니다. 이제 눈 그치면 크로커스가 필 것이고, 돌담 아래엔 검붉은 작약 새순도 올라올 것입니다.

# 고구마 지키기

십수 년 전 집 뒤 산비탈 밭에 고구마를 심었다가 산에서 불청객이 내려오는 바람에 망한 적이 있습니다. 여름철 고구마가 겨우 새끼손가락만 하게 달리기 시작했는데, 손님이 어떻게 알았는지 "고맙습니다" 하며 내려와 파티를 하는 것입니다. 마당에 개가 다섯 마리 있었으니 조용할 리가 없었습니다. 밝을 때는 개를 데리고 올라가서 고구마를 지킬 수 있었지만 밤에 오는 손님은 어쩔 수가 없었습니다.

결국 그해 고구마 농사 망하고 그 뒤로 고구마 심을 엄두를 내지 못하고 있다가 이번에 개집 옆에 손바닥 발바닥만 한 텃밭을 만들어 호박고구마를 심었습니다. 불청객 산돼지는 고구마를 얼마나 좋아하는지 고구마만 심으면 마을 안에 있는 밭에도 내려오기는 하지만 설마 개집 앞마당까지 내려오지는 못할 것입니다.

벌써 십수 년 전입니다. 그해엔 산비탈 고구마 밭에 손님이 내려와서 무척 당황했습니다. 호박고구마를 수확하려면 늦가을 무서리를 한두 번 맞혀야 하는데, 한여름 장마철에 산돼지가 내려올 것이라고는 미처 생각지 못했습니다. 원래 여름이 끝날 무렵 사냥개 한 마리를 고구마 밭으로 파견할 생각이었습니다. 그런데 뜻밖의 상황이 벌어져 난감했습니다.

ⓒ유진국

늦은 밤에 손님이 내려오는 걸 사냥개인 코시가 눈치채고는 맹렬하게 짖어댔습니다. 울타리 문만 열어주면 당장 뛰어 올라갈 기세였습니다. 애써 심은 고구마 밭을 불청객이 헤집고 다니는 걸 알면서도 나는 엄두가 나지 않았습니다. 사람과 개쯤은 두려워하지 않는 산돼지들을 깜깜한 밤에 비까지 맞으며 올라가서 물리칠 용기가 나지 않았던 것입니다.

하지만 다음 날 아침 쑥대밭이 된 고구마 밭을 보고는 전날의 나약했던 마음은 싹 사라졌습니다. 애써 가꾼 먹거리를 더 이상은 뺏길 수 없다는 생각에 일전을 불사하기로 결심했습니다.

읍내에 나가서 랜턴도 사 오고 굵은 대나무 창도 만들었습니다. 전투의 선두에 서게 될 래시와 코시의 사기를 올려주기 위해 저녁은 특식으로 고기를 먹였습니다. 원래 우리 가족이 먹으려고 샀던 고긴데, 아내가 짐승은 고기를 먹여야 용감해진다며 특별히 구워주었습니다.

준비는 완벽했습니다. 산돼지가 새끼들을 거느리고 내려오면 코시가 냄새를 맡고 맹렬히 짖을 것이고, 그러면 나는 자다가도 벌떡 일어나서 헤드랜턴에 대나무 창을 들고 용감한 코시와 래시를 앞세워 산으로 뛰어 올라갈 것입니다. 그러면 불청객들이 걸음아 나 살려라 하고 도망가는 것이 준비된 시나리오인데, 유감스럽게도 계획에 차질이 생겨버렸습니다.

분명 손님이 올 시간인데, 개들이 깊은 잠에 빠져버린 것입니다. 낮에 산돼지 쫓는 훈련하느라 체력 소모가 많아 피곤한 탓도 있었겠지만 아무래도 특식을 너무 많이 먹인 것 같았습니다. 고기를 먹여야 용감해진다고 해서 더 용감해지라고 배불리 먹였는데, 이것들은 코까지 골며 늘어지게 자고 있고, 열린 창으로 개구리 울음(웃음)소리만 요란하게 들려왔습니다.

# 바보 농부 이야기

# 오만과 편견

지붕이 날아갔습니다. 거실에 누워 드라마를 보던 아내의 비명 소리에 지붕이 날아가버렸습니다.

나는 소파에 누워 책을 보고 있었습니다. 이런 일이 한두 번은 아니었지만 그 순간만큼은 가슴이 철렁했습니다. 남자는 이럴 때 최선을 다하는 모습을 보여줘야 합니다. 만약 대응이 느리거나 그깟 벌레 한 마리 가지고 너무 호들갑 떠는 거 아니냐고 흰소리 했다가는 남자의 인생이 고단해질 수 있습니다.

지네 한 마리가 거실을 가로질러 이동하고 있었습니다. 며칠 전에도 욕실에서 발견하고 조용히 처리한 적이 있는데, 어디서 자꾸 들어오는지……. 나는 마침 읽고 있던 두꺼운 책 《오만과 편견》으로 내리쳤습니다. 아내는 이제 거실에 누워 있지도 못하겠다고 합니다.

사실 놀라기는 지네랑 내가 더 놀랐습니다. 지네로서는 생전에 그렇게 큰 비명 소리를 들어보지 못했을 것입니다. 웬만큼 단련이 된 나도 이번에는 가슴이 철렁했으니까요. 어쨌든 가엾은 그 지네는 도로 교통법 위반으로 지붕을 날리는 고함소리와 함께 제인 오스틴과 나의 《오만과 편견》에 의해 참사를 당하고 말았습니다.

ⓒ유진국

산골짝 집에는 침입자가 수시로 들어옵니다. 한번은 쥐가 들어오는 바람에 밤새 소동을 벌인 적이 있습니다. 세상에서 쥐를 제일 무서워하는 나는 마당에 있는 개까지 불러들여 난리를 친 적도 있습니다. 또 한 번은 거실에서 아들 방으로 들어가는 큼직한 지네를 목격하고 추격전이 벌어졌습니다. 정말 도마뱀만 한 대물이었습니다. 문 아래 틈새로 들어가는 것을 보고 바로 따라

들어갔는데 감쪽같이 사라졌습니다. 귀신이 곡할 노릇이라는 말은 이럴 때 쓰는구나 하며 찾다가 찾다가 포기했는데, 며칠 뒤 문 경첩에 압사해 있는 것을 발견했습니다. 그날 내가 문을 열 때 낀 것입니다.

# 중부전선 이상없다

“선생님, 이번에는 정말로 척추가 잘못된 거 같습니더.”

“이것 보시오, 의사는 내고, 진단은 내가 내립니다. 일단 사진부터 찍고 봅시다.”

덕장에 곶감 거느라 무거운 감 박스를 들고 힘을 쓰다가 어느 순간 허리에 이상한 느낌이 들더니 일주일째 허리를 못 펴고 있습니다. 무거운 감 박스를 반복적으로 들다가 허리뼈가 부러졌다는 결론을 내리고 뼈만 전문으로 본다는 진주의 큰병원으로 달려갔습니다. 아니 실려 갔습니다. 마침 집에 와 있던 큰아들이 운전을 해주었습니다. 그동안은 무리를 해서 그러려니 하고 읍내에 있는 한의원에 다니며 침 좀 맞으면 괜찮을 줄 알았는데, 일주일째 차도가 없어 큰 병원에 간 것입니다.

사실 작년에도 곶감 깎던 시기에 비슷한 증상으로 한번 진료를 받았던 병원이었습니다. 그때는 사흘 지나니 거짓말처럼 괜찮아졌었습니다. 의사가 엑스레이 사진을 한 해 전에 찍은 거랑 비교해 보더니 이번에도 척추는 괜찮아 보인다 합니다. 물리치료만 열심히 하면 다시 허리를 펼 수 있을 거라 합니다. 작년에는 사흘 만에 괜찮아졌는데 이번엔 일주일이 지나도 차도가 없으니 아무래도 뼈가 잘못된 거 아니냐고 재차 다그치니 의사가 정색을 하고 목소리를 높입니다. "이것 보시오, 의사는 내고, 진단은 내가 내립니다." 나는 의사가 확신을 가지고 화를 내는 것 같아 기분이 좋아졌습니다. 그는 더 이상 본인이 의사임을 주장할 필요가 없는 훌륭한 의사처럼 보였습니다.

10년째 곶감을 깎아오는데, 그전에는 감 박스를 많이 들었다고 허리가 아픈 적은 없었습니다. 그런데 이제 나이를 먹은 건지 작년부터 덕장에 곶감을 걸 때면 허리가 아파 반듯하게 펴지 못하는 증상이 생겼습니다. 더군다나 이번에는 일주일째 차도가 없자 정말로 뼈에 문제가 생긴 모양이라고 걱정했던 것입니다. 어쨌든 뼈는 괜찮다니 허리가

ⓒ유진국

아프면서도 기분은 좋아 실실 웃으며 물리치료실로 올라가는데 창밖에 눈이 내리고 있습니다.

눈 소식을 듣기는 했지만 하필 이때 눈이 내릴 줄이야. 물리치료 대기 시간과 치료 시간까지 한 시간 이상 걸린다는데, 그동안 눈이 쌓이면 내가 타고 온 트럭으로는 집에 가기가 힘들 것 같았습니다. 어쨌든 뼈는 괜찮다니 물리치료를 취소하고 바로 집으로 왔는데 길이 미끄러워 차도 나도 운전해준 아들도 곱빼기로 고생했습니다.

요즘 나는 의사의 권유로 허리 근육을 강화하는 운동을 아침저녁으로 꾸준히 하고 있는데, 아직까지는 중부전선 이상 없습니다. 고백하건대 처음 그랬을 때는 정말 놀랐습니다. 시골 노인네들 허리가 이렇게 해서 굽는구나, 나도 그렇게 되는가보다 생각했던 것입니다.

# 볼레로

농업경영인 모임 날짜를 잘못 알고 읍에 갔다가 허탕을 쳤습니다. 내일 다시 나가야 합니다. 이제 나이가 드니 깜빡깜빡합니다. 한번은 스마트폰이 안 보여 온 가족이 나서서 대대적으로 찾았는데, 찾다 찾다 포기하고 주머니에 손을 넣으니 거기 있었습니다. 볼륨이 죽어 있는 바람에 전화를 걸어 추적해도 소용없고 내 주머니 빼고 다 찾았으니 건망증도 이 정도면 국보급입니다.

귀농한 지 십수 년이 지났는데도 매년 배우러 다닙니다. 올해는 농가 경영개선 프로그램인 강소농(強小農) 교육을 받고 있습니다. 모 방송에서 10대부터 70대까지 남녀가 가장 후회되는 일이 무엇인지 설문조사를 한 적이 있는데, 10대는 공부를 열심히 안 한 게 가장 후회된다고 합니다. 20대는 공부 게을리한 것이라고 하고, 30대는 공부를 열심히 안 한 것이라 합니다. 40대는 학창 시절에 공부를 제대로 못한 것이라 하고 50대도 마찬가지로 공부 공부 공부라는데, 50대까지는 남녀 공통이라 합니다. 그런데 60대부터는 남녀가 다르게 나왔습니다. 60대 70대 남녀가 가장 후회되는 일은 무엇이었을까요? 60대 남자는 돈 좀 모아놓을 걸, 70대 남자는 마누라 눈에 눈물 나게 한 것이 후회된다고 하고(이런? 반성이 너무 늦습니다. 뒤늦게 반성해봤자 마누라 안 봐줍니다), 60대 여자는 애들한테 좀 잘해줄 걸, 70대 여자는 '좀 더 배울 수 있었는데' 하며 여전히 공부에 대한 미련을 버리지 못한다 합니다. 우리는 이렇게 죽을 때까지 배워야 하나봅니다.

기름 소비하며 읍내까지 갔다가 그냥 오면 안 될 것 같아 자장면 한 그릇 엄숙하게 먹고 텃밭에 심을 채소 모종 몇 가지 사 가지고 집에 왔는데, 라디오에서 흘러나오던 볼레로가 안 끝나서 차 시동만 끈 채 의자를 뒤로 젖혔습니다. 뭐 바쁠 거 없습니다. 날씨 좋고 배부르고 음악 죽입니다.

요즘 볼레로를 자주 듣습니다. 볼레로만큼 봄에 어울리는 음악도 없는 것 같습니다. 저녁 맛있게 먹고 나서 사용하던 이쑤시개로 지휘하는 발레리 게르기예프의 볼레로를 들으면 봄꽃들이 하나씩 피어납니다. 단순하게 반복되는 볼레로가 아득하게 또는 졸린 듯 흥겹게 목관과 금관을 오가며 리듬을 타면, 눈부신 봄꽃들이 하나씩 둘씩 피어나면서 사분의 삼박자로 흥겹게 춤을 춥니다. 그래, 봄이 그렇게 감질나게 오더니 이렇게 아득하고 이렇게 서서히 다가오는구나. 크로커스 수선화 아네모네 튤립 아이리스가 피고 지고, 마지막으로 모란이 한꺼번에 피고 질 때면 절정에 올랐던 봄도 볼레로와 함께 한 방에 끝나게 될 것입니다.

# 잘 지내

"칭구야, 잘 지내나?"

"그래, 잘 지내. 니도 잘 지내제?"

"그래, 나도 잘 지내."

서울 사는 친구랑 오랜만에 통화하고 "그럼 잘 지내" 하며 끊습니다. 친구도 잘 지내고 나도 잘 지내고 있습니다. 그런데 친구가 잘 지내는 거하고 내가 잘 지내는 거하고는 조금 차이가 있습니다. 공무원인 친구는 행정부 높은 자리에서 별 탈 없이 지내는 게 잘 지내는 거고, 지리산 골짝 높은 마을에 사는 나는 마당의 꽃과 나무랑 잘 지내고 있는 게 잘 지내는 것입니다.

"그래, 칭구야. 벌써 오월이네. 나 요즘 (장미랑) 잘 지내."

내가 오월에 잘 지낸다는 거는 장미랑 잘 지내고 있다는 말입니다. 나에겐 장미 스무 그루가 있습니다. 십수 년 전 시골 장 구경하다 덩굴장미를 세 그루 사다 심었는데, 한두 해 만에 꽃이 어찌나 풍성하게 피던지, 그만 장미의 매력에 푹 빠져버렸습니다. 향기도 은은하고 꽃도 여러 차례 피어서 장미를 보기만 해도 내 인생이 장밋빛이 될 것 같았습니다. 그래서 한 그루 두 그루 더 심다보니 어느 해부턴가 집이 장미로 둘러싸여버렸고, 나는 장미의 포로가 되었습니다. 오월 초순이라 아직은 장미가 몇 송이 피지는 않았지만 꽃봉오리는 엄청 달렸습니다. 올봄 흡족하게 내린 비로 먼저 핀 꽃나무들도 대박 났었는데, 장미 역시 기세가 예사롭지 않습니다. 요즘은 아침에 눈 뜨면 장미부터 둘러보는데 아무래도 올 오월은 내가 조금 더 잘 지내게 될 것 같습니다.

어버이날에 두 아들이 선물은커녕 하다못해 문자 하나 없다고 아내가 섭섭한 마음에 뿔난 도깨비 이모티콘을 날렸습니다. 그랬더니 큰아들은 '??', 작은아들은 '왜?'라고 회신을 했습니다. 아내는 점심을 먹으며 딸을 낳지 못한 걸 후회했습니다. 신혼 때 다녔던 산부인과 이름이 김덕남 산부인과였습니다. 박득녀 산부인과로 갔어야 했는데 김덕남 산부인과로 가는 바람에 그리 된 것입니다. 그때는 그래도 아들 낳았다고 좋아했는데……. 아내가 섭섭한 마음에 나물이나 뜯으러 가자고 합니다.

ⓒ경남공감

오월의 산나물은 취와 고사리입니다. 산에 올라가니 과연 취와 고사리가 지천입니다. 언제부턴가 산나물이 눈에 띄게 많아졌습니다. 그동안 이 고마운 자연의 선물은 올라오기가 무섭게 부지런한 동네 할머니 나물보따리로 다 들어가고 우리에게는 기회가 오지 않았습니다. 그런데 나물 캐기의 달인이신 할머니들이 한 분 두 분 세월 따라 고개 넘어가시고 아직 살아계시는 분들도 기력이 딸려 더 이상 산에 오르지 못하시니 나물이 흔해진 것입니다. 아내와 내가 허리 숙여 부지런히 손을 놀렸더니 금세 나물보따리가 가득입니다.

아내는 산에 오를 때만 해도 입이 나왔었는데, 나물보따리가 가득해지니 섭섭했던 마음은 사라지고 취나물을 맛나게 무쳐 서울에 있는 큰아들에게 부쳐주겠다고 합니다. 그래, 산나물 덕분에 아내도 오월을 좀 더 잘 지내게 될 것 같습니다.

# 미모의 여성이 친구하자 하거든

어제 페북으로 미모의 미국 여군이 친구신청을 해왔기에 친구하기엔 나이 차가 좀 나 보이지만 'SNS니까 뭐 친구 못할 거도 없지' 싶어 오케이했습니다. 잠시 후엔 또 카불에 근무한다는 미군 중장이 친구신청하길래 '페이스북은 월드 SNS니까 미국 장군하고도 친구가 되는구나. 이제 세계화야' 하고 기꺼이 수락했습니다.

우연히 지리산 농부와 친구가 된 그 장군은 유럽에 큰 성을 소유한 백작처럼 기품이 있어 보였습니다. 혹 누추한 우리 집에 놀러 오겠다고 하면 어쩌지? 이런저런 핑계를 대고 거절하는 게 좋겠다는 생각이 들었습니다. 주둔국인 아프카니스탄 현지 사령관으로 보이는 아랍인 장군과 활짝 웃으며 나란히 찍은 사진이 페이스북 담벼락에 올라와 있었고, '신이시여, 제 인생을 쉽게 만들어달라고 하지는 않겠으나, 대신 시련을 극복할 수 있는 힘을 주시옵소서'라는 감동적인 글도 보였습니다. 포스팅 된 사진에는 폭격으로 무너진 건물 앞에서 지프차가 불타고 있고 그 앞을 지나가는 아랍 아이의 얼굴은 겁에 질려 있었습니다. 그런데 그 삼성장군이 메신저로 말을 걸어왔습니다.

Hi, sir~ 직업이 What? 농부다. 무슨 농사를 짓느냐? 곶감을 맹근다. 규모가 크냐? 소규모지만 나에겐 크다. 그렇다면 규모를 키워서 수출을 해보면 어떻겠느냐? 내가 투자를 하고 싶은데 어떠냐? 대단히 고마운 제안이지만 사양하겠다. 그럼 나중에라도 생각이 바뀌면 언제라도 연락해라. 아님 투자가 필요한 형제가 있으면 도와주겠다. 여기서 느낌이 왔습니다. 카불에 근무하는 미 육군 삼성장군과 국제 정세에 대해 진지하게 토론을 한번 해보기도 전에.

스미싱이었습니다. 지가 나를 언제 봤다고 투자를? "God bless you!" 하고 친구 차단했습니다. 아쉽지만 미모의 미국 여군도 친삭.

요즘 SNS에 이런 사기꾼들이 득시글거립니다. '중동에 근무하는 미군인데 탈레반과의 전투 중 수백억 달러를 뺏었는데 한국으로 보낼 테니 보관해달라'는 터무니없는 꼬임에 넘어가는 사람이 있다 합니다. 이게 웬 돈벼락이냐 하며 송금받을 계좌번호를 알려주고 비밀번호를 알려주는 사람이 있다 합니다. 이런 사기꾼은 개인이 아니고 추적이 불가능한 조직이라서 일단 당한 다음에는 회수가 불가하다고 하니 조심 또 조심할 일입니다.

# 농부와 페북

컴퓨터로 페이스북에 글을 올리고 있는데 화면에 팝업이 막 뜹니다. 뱃살공주님이 회원님의 게시글 '지리산 등반기'에 공감하였습니다, 뱃살공주님이 회원님의 게시글 '이러쿵 저러쿵'을 좋아합니다. 공감했다는 글들은 한 편 읽는 데 빨라도 30초, 찬찬히 읽으면 100초는 걸릴 텐데 불과 1초 사이에 공감했다는 알림이 일고여덟 개나 팝업되고 있었습니다. 페이스북에는 재주 있는 사람이 많습니다. 나의 친구님은 글을 엄청 빨리 읽는 능력자입니다. 나는 하던 일을 잠시 멈추고 특별한 재주를 가진 내 친구의 담벼락에 들어가서 구경을 한 뒤 이 글에 좋아요, 저 글에

최고에요 댓글을 남기고 '알림받기', '친한 친구'에 체크를 했습니다. 내가 올린 글을 최단 시간에 가장 많이 읽고 공감해준 것에 대한 감사의 표시입니다.

페이스북 계정을 만든 지 4년이나 되었지만 사실 내가 실질적으로 소통하기 시작한 건 불과 몇 달 전부터입니다. 그동안은 카카오스토리(이하 카스)에 올린 글을 클릭 한 번으로 쉽게 공유만 했기 때문에 아무도 읽어주는 사람이 없었습니다. 링크 글은 그렇습니다. 나도 다른 사람이 링크로 올린 글은 거의 읽지 않습니다. 그런데 내가 존경하는 지인이 공감 없는 글을 SNS에 계속 올리는 건 인터넷 쓰레기를 양산하는 것이니 계정을 없애든지 제대로 하든지 하나만 하라고 해서 결심했습니다. 그래, 페이스북으로 한번 소통해보자.

과연 강남에 오니 물이 다릅니다. 나는 잘 모르는 사람인데 '알 수도 있는 사람' 목록이 넘치고, 가만히 있어도 친구신청이 들어옵니다. 카스 친구들은 대부분 나랑 연배가 비슷한데, 페이스북엔 나랑 연식이 비슷한 사람은 많지 않아 친구신청하기에 참말로 눈치가 보입니다. '친구신청' 대신 '이웃신청'이라도 있으면 부담이 덜하겠다는 생각이 듭니다. 한동안 친구신청을 주고 받다보니 이제는 계정을 열어보지 않고도 '삭제하기' '스팸으로 표시'를 클릭하는 안목도 생겼습니다. 페이스북의 안 좋은 점은 스팸, 사기 조직이 활개를 친다는 것입니다.

"농부가 호미를 던지고 스마트폰으로 페이스북질이나 하고 있으니 그대가 정녕 농부라고 할 수 있느냐"고 가재미 눈을 치켜뜨는 사람이 있습니다. 한때는 나도 그렇게 눈을 찢었습니다. 그런데 4년 전 〈농부도 SNS로 세상과 소통해야 한다〉는 교육을 받고 달라졌습니다. 친절하신 선생님이 컴맹인 농부에게 계정 만드는 것부터 글 올리는 요령까지 하나하나 짚어가며 가르쳐준 덕분에 심봉사 눈 뜬 것입니다.

해보니 페북이 참 재미있습니다. 시인이 시를 올려주니 공짜로 시를 읽을 수 있고(그 시에 빠져 시집을 주문하게 되니 돈이 좀 든다는 단점은 있습니다), 소설가가 막 출간한 따끈따끈한 책 소개 글을 올려주니 독서가 취미인 나에게 좋은 정보가 됩니다(재밌을 거 같아 또 주문하게 되니 돈이 제법 든다는, 마찬가지 단점은 있습니다). 페이스북에는 정말 재주 있는 사람이 많고 멋진 인생을 사는 사람도 넘쳐, 비록 내가 지리산 오지에 살고 있지만 온라인에서는 서초동에 사는 멋쟁이와 친구입니다.

# 외인9단

"어서 오십시오."

나는 연수 때 교육받은 대로 두 발을 가볍게 벌리고 양손은 자연스레 내린 채 다가오는 손님과 눈을 마주치고 환하게 웃으며 정중하게 고개를 숙였습니다(이건 숙박업에 종사하는 남자가 손님을 맞이하는 인사법입니다. 여자는 배꼽 앞에서 양손을 모으고 인사를 하면 됩니다. 다른 건 남자와 요령이 같습니다).

군청 세미나실에서 숙박업자 정기 연수 때 배운 것을 나는 실전에서 써먹기로 결심했고, 용기를 내어 실천했습니다. 의자에 앉아 이론으로만 배운 것이 아니라, 자리에서 일어서서 실제로 허리를 숙이고 "어서 오십시오!" 하고 큰 소리로 인사하며 몸으로 익혔습니다. 처음에는 동작도 어색하고 미소가 잘 안 만들어져서 안면 근육 펴는 운동과 함께 자연스럽게 미소 짓는 연습까지 했습니다. 모두 적극적으로 교육에 임했기에 그날 교육은 성공적이었습니다. 옆에 앉은 참석자와 이인일조로 짝을 지어 미소가 어색하지는 않은지, 인사할 때 자세가 뻣뻣하지는 않은지 서로 교정해주고 평가해주었습니다. 물론 처음에는 부자연스런 면이 없지는 않겠지만 자꾸 하다 보면 호텔 지배인처럼 우아하고 품위 있게 손님을 맞을 수 있을 것이고, 이제 나의 산지골펜션은 친절한 주인이 운영하는, 다시 가보고 싶은 펜션으로 입소문이 날 터였습니다. 사실 특급 호텔 가봤자 기껏 별이 다섯 개지만, 지리산 엄천 골짝에 자리한 우리 펜션은 별이 수천만 개입니다.

"어서 오십시오!"

교육 후 맞이한 첫 손님에게 나는 활짝 웃으며 큰 소리로 인사를 했습니다. 그런데 뭐가 잘못된 건지 나는 분명 배운 대로 연습한 대로 잘한 것 같은데 손님들은 반응이 없었습니다. 손님들은 나도 좋아하는 벤츠를 타고 왔는데 차에서 내리자마자 반갑게 맞이하는 나를 쳐다보지도 않고 담배부터 태우는 것입니다. 젊은 남자 넷에, 여자 한 명. 하나같이 목과 팔뚝에 예술을 하고 있어 좀 더 친절해져야겠다는 생각이 들었습니다.

비록 소박한 규모의 펜션이지만 최선을 다해 친절하게 맞이하면 반드시 성공할 것이라는 강사의 강연에 크게 감동한 나는 이번 손님이 중요한 시험대처럼 생각되었습니다. 그래, 나는 이 시험에 꼭 패스할 거야! 예술을 하는 사람이든 개를 숭배하는 사람이든, 어떤 부류의 손님에게도 친절, 또 친절이 정답이야!

담배꽁초를 마당에 던지고 발로 비비는 손님에게 여전히 웃는 얼굴로 방을 안내했습니다. '예약 인원은 네 명인데 왜 다섯 명이 왔지?' 하고 속으로 생각하고 있는데, 고맙게도 한 손님이 친절하게 설명을 해줍니다. "원래 네 명 예약했지만 어쩔 수 없는 사정에 의해 한 명이 더 오게 되었습니다. 추가 요금으로 만 원을 더 내겠습니다. 그리고 친구 네 명이 더 올 건데, 잠은 안 자고 저녁만 먹고 갈 사람들이니 신경 쓰지 않아도 됩니다."

신경 쓰지 않아도 된다는 사람에 대해 잔뜩 신경을 쓰고 있는데, 나도 좋아하는 차가 두 대 더 올라왔습니다. 한 대는 BMW고 또 한 대는 사자 마크의 포르쉐입니다. 아홉 명의 예술가들은 일단 물놀이 장비를 챙겨 계곡으로 갔는데, 수영복으로 갈아입으니 숨어 있던 작품들이 더 많이 보였습니다.

나는 그림을 좋아합니다. 직장에서 해외영업을 담당했을 때는 출장 중 업무가 없는 날엔 종일 그림을 보러 다녔습니다. 예를 들어 뉴욕 출장을 가면 5번가에 있는 메트로폴리탄 미술관 개장 시간에 들어가서 마라톤 풀코스를 뛰고 폐장 시간에 헐떡거리며 나오는 식이었습니다. 좀 더 많은 작품을 보기 위해 시간을 아끼느라 햄버거 하나로 점심을 때우곤 했습니다. 이집트에 가면 기자지구에서 미친 듯 말을 타고 피라미드를 돈다든지 카이로 박물관에서 시간을 보내곤 했습니다. 그렇게 하루 종일 미술관을 돌면서 내가 뭘 보는지도 모르고 보았습니다. 그냥 그림이 좋았습니다. 인류사에는 수많은 형식의 예술이 있고, 문외한인 내가 그 모든 작품을 다 이해하지 못하는 것이 유감스럽긴 하지만 한편으로는 당연한 것이었습니다.

그런데 이것은 또 다른 형식의 예술이었습니다. 민화에 자주 등장하는 동식물, 화조류를 아주 강렬한 색채로 찍어 표현하였는데, 팔뚝에 웅크린 호랑이가 나를 한 대 칠 것 같은, 목덜미의 장미 가시가 내 똥배라도 찌를 것 같은 강

한 인상을 받았습니다.

"사장니임, 고기 한 점 하세예."

시원한 계곡에서 물놀이하느라 배가 고파진 예술을 사랑하는 외인9단이 바비큐 파티를 하며 거듭 사양하는 나에게 두 번 세 번 한 점을 권해서 예의상 한 점 먹고 예의상 술도 한 잔 마셨습니다. 한 잔만 더 하시라고 권하기에 더 마시다 보니 나중에는 몇 잔인지 따지는 게 의미가 없어졌습니다. 살짝 얼큰해지자 사람은, 특히 예술가는 겉모습만으로 판단할 것이 아니라는 생각이 들었습니다. 형식도 중요하지만 더 중요한 것은 내용이라는 말입니다.

요즘 같은 폭염에 술을 과도하게 마시는 건 건강에 절대 유익하지 않습니다. 나는 술을 마시면 취하기 때문에 잘 안 마시는데, 그날은 예의상 약간 마셨습니다. 모르는 사람에게 술을 권하는 것은 술을 대작하고 싶어서가 아니라, 대화하고 소통하고 싶어서이기 때문에 거절하게 되면 마음의 상처가 될 수도 있습니다.

그날 외인9단은 밤새도록 술을 마시다 술이 과하여 고성방가하고 자기네들끼리 주먹다짐을 벌여 다른 객실 손님이 불안해서 벌벌 떠는 식의, 염려했던 그런 사태는 벌어지지 않았습니다. 사람이 많다 보니 좀 시끄럽긴 했지만 고기

구워 술 먹고 밥 먹고 더 이상 먹을 것이 없자 신경 쓸 필요 없는 추가 인원 네 거장은 어둠 속으로 사라졌습니다.

다음날 정오경에 일어난 다섯 예술가도 라면 끓여 먹고 내가 다른 객실 청소하느라 바쁠 때 추가 요금 만 원 내는 걸 잊어버리고(?) 갔습니다. 그 사람들이 쓰던 방에는 라면 박스에 다양한 쓰레기랑 음식 쓰레기가 뒤섞여 있고 설거지도 안 되어 있었습니다. 나는 예술가의 형식과 내면에 관한 나의 견해를 다시 수정했습니다.

추가 비용 만 원을 받으려고 전화를 했더니 어떤 사정에 의해 전화가 연결될 수 없다는 멘트만 들렸습니다. 그런데 반가운 벤츠가 다시 올라왔습니다. 냉장고에 넣어둔 술을 잊어버리고 간 것입니다. 덕분에 추가 요금 만 원을 받을 수 있었습니다.

# 사랑방 손님과 아내

올여름 펜션에 손님이 많이 왔습니다.

집에 놀러오는 친지들을 위해 지은 사랑방을 늘려 펜션으로 운영하고 있는데, 남들 다 놀러 가는 휴가철에 나는 집을 지켜야 한다는 게 유감스럽기는 하지만, 굳이 멀리가지 않아도 마을 앞에 맑은 엄천강이 흐르고 지천에 좋은 계곡이 있으니 그나마 다행으로 생각합니다.

도시에 살다가 시골로 귀농하게 되면 손님을 많이 치르게 됩니다. 일가친척은 물론이요 친구(의 친구 또는 가족과 함께), 동창(의 가족 또는 이웃이랑), 직장 동료(의 가족이랑), 거래처 사람(의 동료랑), 군대 동기(의 가족이랑),

서클 친구(의 가족이랑)에 사돈 팔촌의 옆집에 사는 홍길동씨(의 가족)까지, '유진국이가 지리산 오지 마을에 살고 있다'는 소문 듣고 한 번씩은 찾아옵니다. 워낙 외진 곳이라 언제 다시 와보게 될지 모르니 하루로는 아쉬워 이틀 묵어가기도 합니다.

지리산 구례에 귀농한 페친은 전직 기자인데 귀농 3년 동안 찾아온 손님이 무려 500명이 넘었다고 합니다. 전직이 기자라 발이 넓은 사람이니 그러려니 하지만, 귀농한 지 16년째인 나도 돌이켜보면 결코 만만치 않게 많은 손님이 다녀갔습니다. 이 손님을 실질적으로 치른 사람은 아내입니다.

'먼 곳에서 친구가 찾아오니 이 또한 기쁘지 아니한가'라는 공자 말씀처럼 가만히 있어도 멀리서 친구가 찾아오는 나는 참으로 복이 많은 사람입니다. 10년, 심지어는 30년 만에 소식이 닿은 친구가 찾아와서 친분을 확인하고 우정을 돈독히 해주니 정말 고마운 일입니다. 다만 내가 친구와 우정을 확인하는 동안 아내가 밥 하고 술상 차리느라 힘들다는 것이 문제입니다. 처음 몇 년간은 불편하긴 하지만 아이들 방과 거실을 활용하여 손님 잠자리를 만들었는데, 손님이 자주 오다 보니 가족 모두가 힘들어졌습니다.

그래서 사랑방을 별채로 지었습니다. 손님이 오면 사랑방에서 자면 되니 잠자리 불편은 없어졌습니다.

"어이, 칭구야. 이번에 만수랑 같이 주말에 내려갈게 얼굴 한번 보자."

"그래, 좋지. 이게 몇 년 만이냐! 그런데 너희 둘만 오는 거냐?"

"아니, 우리 가족이랑 만수 가족이랑 같이 가기로 했어. 고기 많이 사 가지고 갈게."

사랑방 손님은 너나없이 마당에서 바비큐를 해 먹습니다. 손님이 고기와 술을 사 가지고 오지만 고기와 술을 먹기 위해 준비해야 할 것들도 만만치 않아서 손님이 온다고 하면 아내 눈치부터 보게 됩니다. 어떤 친구는 시골 닭이 맛있다고 토종닭을 구해놓으랍니다. 닭 키우는 농가가 더러 있으니 닭을 구하는 것은 그리 어려운 일은 아닙니다. 그런데 닭만 구해놓으면 자기가 다 알아서 할 것처럼 말해놓고는 오리발을 내미는 바람에 아무도 산 닭을 잡지 못해 애먼 닭만 죽다 살아난 적도 있습니다.

지금 나는 객실이 네 개 있는 펜션을 하고 있습니다. 사랑방을 늘려 아예 펜션 간판을 단 것입니다. 이제는 동창들이 단체로 놀러 와도 큰 부담은 없습니다. 한때는 친구들이 놀러 오겠다고 하면 아내 눈치가 보였는데 펜션 간판을 달고 나니 한결 낫습니다. 친구는 친구고 영업은 영업입니다. 내가 사랑방에 펜션 간판을 단 것은 귀농 9단의 절묘한 한 수라고 할 만합니다. 손님 치르기에 아내도 지치고 나도 힘들어 이제 친지가 온다고 하면 펜션 홈페이지 주소를 알려줍니다. 알아서 예약하고 밥해 먹고 고기 구워 먹을 때 술 한잔 하자고 부르면 서로가 부담 없습니다.

그래도 아내의 요리 솜씨를 꼭 확인하겠다고 고집하는

친구는 일단 아내랑 상의하는데, 결론은 대부분 다음 해로 미루어집니다. 만기가 도래해서 연락이 오면 또 아내랑 상의해서 연장하는데, 현재 10년째 연장된 친구도 있습니다.

# 방법을 찾는 사람, 핑계를 찾는 사람

열여덟 번째 맞는 엄천골의 봄은 눈으로 볼 수 있습니다. 묵정밭에 꽃다지 올라오고, 개불알꽃 피고, 양지바른 곳에는 냉이가 먹기 좋게 올라왔습니다. 화단에는 수선화 초록 혀를 쏘옥 내밀고, 튜울립도 앙증맞은 손바닥을 펼칩니다. 돌담에 산수유 노란 꽃망울이 터지고, 미색의 매화꽃 팝콘이 먹음직합니다.

사방에서 들리는 개구리 합창은 귀로 맞는 봄입니다. 해마다 개구리 합창 소리 들리면 나는 감나무 전정을 합니다. 매년 감나무 가지를 쳐내며 이번에야말로 제대로 하겠다고 다짐합니다. 하지만 지나고 나면 항상 후회하는 일이

이 일입니다.

지난해엔 내가 낙상사고로 다치는 바람에 한 해 작업을 건너뛰었더니 감나무가 하늘 높은 줄 모르고 자라버려 가을에 수확할 때 애를 먹었습니다. 높은 가지에 달린 감을 수확하는 일에는 항상 사고의 위험이 도사리고 있습니다. 그렇다고 감이 떡하니 달려 있는데 안 본 듯이 포기할 수가 없어 아깝다고 사다리를 타거나 나무에 올라가다보면 일이 생기게 마련입니다.

그래서 올봄에는 미연에 모든 위험을 없애버리고자 전정 작업을 아주 과감하게 하려고 합니다. 전문가의 말에 의하면 감나무 전정은 삼분의 일을 잘라내야 제대로 하는 거라 합니다. 그런데 막상 톱과 전정가위를 들고 살아 있는 나무를 마주하면 마음이 약해져서 삼분의 일을 잘라내는 게 결코 쉽지 않습니다.

그러니 전정 작업은 본인이 하지 말고 남에게 맡기라고들 합니다. 남에게 맡기되 평소 나에게 감정이 있는 사람에게 맡기면 더 좋고, 최소한 성질이 더러운 사람에게 맡기면 실패 확률이 낮다고 합니다. 하지만 산골 마을에서 이런 모진 사람을 구하기는 쉽지가 않습니다. 이 사람은 맺고 끊음이 분명한 사람이라 제대로 잘라주겠다 싶어 맡겨보면 잔가지 정리 수준으로 해놓고선 “하다 보니 너무 많이 쳐버렸네. 미안하이. 올해는 수확이 많이 감소할 걸세. 그렇게 아시게.” 합니다.

재작년에는 고가의 충전식 전동가위를 빌려 나름 대대적으로 전정 작업을 한다고 했는데, 돌이켜보면 마음만 대대적으로 먹고 손은 소소적(?)으로 한 것 같습니다. 정작 잘라야 할 것은 굵은 가진데, 잔가지만 잔뜩 잘라낸 것입니다. 살짝 갖다만 대도 쓱쓱 잘라주는 전동가위를 쓰는 재미에 요란만 떨고 실질적이지 못했습니다. 그래서 올해는 제대로 해내기 위해 전동가위는 쓰지 않고 손톱으로 다 하려고 합니다. 다시 말해 굵은 가지도 과감하게 베어내겠다는 것입니다.

임전무퇴, 나는 전사의 심정으로 나무의 높이를 반으로 줄이겠다는 각오로 임할 것입니다. 사실 감나무 전정은 어제부터 할 작정이었는데 미세먼지로 목이 칼칼해서 오늘로 미루었습니다. 그리고 오늘은 꼭 하려고 했는데 미세먼지에 내가 살아야겠다 싶어 내일로 미루었습니다.

일하려는 사람은 방법을 찾고, 일하기 싫은 사람은 핑계를 찾는다더니 나는 지금 계속 핑계를 찾고 있습니다. 미세먼지가 뭔지 참…….

사랑이 영농일기

# 짖는 개 길들이기(1)

얼른 그것이 던져보고 싶어 손이 근질근질했습니다.

내가 그걸 던지면 이놈들이 과연 어떤 반응을 보일까? 기대했던 대로 짖기를 멈추고 개집 안으로 들어가 얌전히 엎드릴까? 낯선 사람을 보고 짖으면 물벼락이 내리니 다시는 짖지 않겠다고 결심하고 개과천선하게 될까? 얼른 결과를 보고 싶어 좀이 다 쑤셨습니다.

사랑이와 오디가 짖는 것은 사실 그냥 자신의 용맹을 과시하려는 것뿐입니다. '나는 이렇게 용감한 개이니 나를 어떻게 할 생각은 절대 하지 말라'고 짖는 건데. 펜션을 하는 집에서 이런 허풍쟁이 개는 한마디로 민폐입니다. 나는 십수 년째 이 문제로 머리를 싸매고 있습니다. 손님을 반갑게 맞아야 하는데 개가 시끄럽게 나대니 문제가 아닐 수 없습니다.

사랑이와 오디가 짖으면 나는 “야, 짖지 마. 시꺼러버!” 하고 엄하게 꾸짖습니다. 손바닥을 내밀며 단호하게 “안 돼!” 하고 명령을 내립니다. 그런데 유감스럽게도 이놈들은 내 말을 반대로 알아듣습니다. 나도 짖는 일에 동참했다고 생각하고(생각이라는 게 있다면) 더 열심히 짖어대는 것입니다.

문제 해결을 위해 관련 자료를 찾아보기도 하고, 〈세상에 나쁜 개는 없다〉도 열심히 보았습니다. 세상에 나쁜 개는 없고 어리석은 주인이 있을 뿐이니 주인의 어리석은 행동을 먼저 교정해야 한다는 것입니다.

개가 손님을 보고 시끄럽게 짖으면 간식으로 관심을 돌려 ‘손님이 오면 맛난 간식을 먹게 되는구나’ 하는 생각이 들도록 하라고 합니다. 좋은 방법이라는 생각이 들어 치즈볼을 준비했습니다. 손님에게 짖을 때마다 마당으로 달려가 치즈볼을 주니 과연 효과가 있었습니다. 반복 학습이 되도록 상당 기간 정성을 들인 후 이제 됐다는 판단에 간식을 끊어보았더니 유감스럽게도 다시 짖기 시작했습니

다. 오히려 더 크게 짖으며 나를 힐끔힐끔 쳐다보는 것이 내가 치즈볼을 줄 때까지 짖겠다는 것 같았습니다. 혹 떼려다 혹 붙였다는 생각이 들었습니다.

그러다 개가 짖을 때 물풍선을 던지면 짖지 않는다는 글을 보았습니다. 물풍선이라, 시도해볼 만한 가치는 있을 것 같았습니다. 물풍선은 맞아도 위험하지도 않으니 즉시 주문했습니다. 물건을 받고 나니 좀이 쑤셨습니다. 얼른 손님이 와서 이놈들이 컹컹 짖어줬으면 좋겠다는 생각이 들었습니다.

# 짖는 개 길들이기(2)

외부의 침입으로부터 가족과 공동체를 지켜야 하는 나의 임무는 실로 막중합니다.

비록 주인님이 나에게 이런 일을 해달라고 한 적은 없지만, 이건 개라면 당연히 해야 하는 일입니다. 내가 개의 본능에 충실할 뿐이지 결코 어떤 대가를 바라고 하는 일이 아니라는 말입니다.

유감스럽게도 우리 집은 구조적으로 외부의 침입에 취약합니다. 도시에 있는 집처럼 담이 있고 대문이 있다면 '개조심' 또는 '미친개 조심'이라고 써 붙여놓으면 될 텐데, 산골짝에 있는 우리 집은 담도 없고 대문도 없다 보니 침입자에게 완전 노출되어 있습니다. 산에서 멧돼지와 고라니가 앞마당까지 내려오고, 앙큼한 도둑고양이는 사방팔방 자기 집처럼 드나듭니다. 한때 주인님이 토종벌을 칠 때는 반달곰까지 내려와서 주인님이 애지중지하는 꿀을 훔쳐 먹고 벌통을 마구 걷어차는 행패도 부렸다고 합니다.

이제 이런 짐승들의 침입은 더 이상 문제되지 않습니다. 내가 다 알아서 처리하기 때문입니다. 도둑고양이와 고라니는 내가 몇 번 기침만 해도 깜짝 놀라서 도망갑니다. 그런데 멧돼지는 몇 번 짖는 걸로는 안 됩니다. 반드시 미친 듯이 짖어야 합니다. 그러면 멧돼지가 고막이 찢어지기 전에 다시 산으로 올라갑니다. 이제 주인님이 더 이상 벌을 치지 않기 때문에 그럴 일은 없겠지만, 만에 하나 반달곰이 다시 내려온다면 어떻게 해야 할까요? 미련한 곰탱이는 짖는 걸로는 안 되니 협상을 해야 할 것입니다. 지금은 꿀이 없으니 다음에 들르라고 하든지 이웃 양봉 농가를 소개해주든지 해야 할 것입니다.

문제는 사람입니다. 사람은 고집이 세서 웬만큼 짖어도 물러서지 않습니다. 내가 이빨을 보여주고 잇몸까지 드러내고 짖는데도 막무가내입니다. 우수한 혈통을 타고난 나 같은 개로서는 실로 존심 상하는 슬프고 가슴 아픈 일입

니다.

한때는 주인님이 나랑 같이 짖어줘 큰 격려가 되었습니다. 내가 낯선 사람을 보고 짖으면 주인님이 가세하여 나보다 더 맹렬하게 짖어주었습니다. 한동안은 내가 짖을 때마다 잘했다고 치즈볼을 주기도 했습니다. 하지만 이미 말했듯이 이 일은 어떤 보상을 바라고 하는 것이 아닙니다. 나는 오직 본능에 충실할 뿐입니다. 적의 침입으로부터 공동체를 지켜내기 위한 엄숙한 임무를 수행할 뿐인 것입니다.

그런데 요즘 주인님이 달라졌습니다. 무슨 심경의 변화가 생긴 걸까요? 내가 낯선 침입자를 향해 짖어도 예전처럼 같이 짖어주지 않습니다. 한때는 짖느라 애쓴다며 치즈볼도 주고 개껌도 주더니 갑자기 형편이 어려워진 건지 간식을 딱 끊었습니다. 거듭 강조하지만 무슨 보상을 바라고 하는 일이 아니므로 후원이 끊어졌다고 해서 섭섭할 것은 없습니다. 내가 진정 원하는 바는 내가 짖을 때 주인님이 내 옆에 있어주는 것입니다.

그런데 주인님이 오늘은 참 재밌는 방법으로 나를 응원해주었습니다. 낯선 사람이 침입한 다급한 상황에서 내가 신나게 짖고 있을 때 주인님이 지원사격으로 물 폭탄을 터뜨린 것입니다. 계란만 한 앙증맞은 물 풍선 중 한 개는 침입자 대머리에 명중해서 기분이 엄청 좋았습니다. 주인님도 즐거운 표정을 감추려고 이를 악물고 있었습니다.

# 배부르지 않고 새끼를 낳는 개는 없다

세상에 배부르지 않고 새끼를 낳는 개는 없습니다. 두 달 전 나에게 사랑을 고백해온 이웃 동네 변견 칠복이를 내치고 주인님이 정해준 훌륭한 가문의 신랑과 혼례를 올렸지만 내 배는 불러오지 않았습니다. 그런데도 주인님은 내가 임신한 줄 알고 곧 출산할 거라고 믿고 있었습니다. 단지 내가 혼례를 올렸다는 그 이유 하나만으로요.

사실 말이 혼례지 나는 이런 식의 혼례는 처음부터 맘에 들지 않았습니다. 한때 도그 쇼에서 챔피언을 먹었다는 신랑과 인공수정이라는 이상한 방식의 짝짓기 아닌 짝짓기를 했는데, 이럴 줄 알았으면 차라리 칠복이랑 몰래 도망이라도 가서 전통 방식으로 짝을 지었을 것입니다. 아무리 혈통이 좋고 가문이 좋아도 그렇지 말입니다.

개의 임신과 출산에 관한 인간의 무지란 참으로 뭐라 말을 할 수가 없습니다. 지난달에 내가 풀을 뜯어먹고 토했던 적이 있는데, 어리석은 주인님은 내가 입덧한다고 좋아라 하더니 그 뒤로 나의 임신을 확신하게 되었습니다. 어쨌든 그 일로 인하여 나에 대한 주인님의 태도가 달라진 것은 반가운 일입니다. 주인님은 나에게 지나칠 정도로 친절하게 대해주었고 새끼를 가졌으니 잘 먹어야 한다며 평소에 안 주던 간식도 수시로 주었습니다. 나를 부를 때도 사랑스러워 죽겠다는 듯 "싸랑아~" 하며 콧소리로 노래하듯 불렀습니다. 나는 몸을 최대한 낮추고 꼬리로 마당을 쓸면서 주인님의 부름에 화답하곤 했습니다.

그런데 해산 날짜가 지났는데도 애기가 나오지 않으니 주인님은 수시로 나를 뒤집기 시작했습니다. 주인님은 부르지도 않은 내 배에 손을 얹고는 애기가 배를 차는 거 같다고 하다가도, 생각처럼 배가 부르지 않으니 뒤늦게 의심은 들었던 모양입니다. 그래서 주인님은 이번에 친정에 놀러온 내 딸 쿠키의 언니 벼리 양에게 내가 임신을 한 거 같으냐고 물어보았습니다. 그랬더니 초딩 3학년인 벼리 양은 처녀인 쿠키 배랑 내 배가 다르지 않으니 새끼는 없다 고 선언했고, 어리석은 주인님은 멘붕이 되었습니다.

©경남공감

고백하건대 내가 주인님의 어리석음을 부추기기는 했습니다. 갈비가 먹고 싶으면 괜히 바닥을 긁어 임신 징후로 오해하게 해서 비싼 갈비를 얻어 먹었고, 입맛이 없다고 투정해서 사료도 더 고급으로 바꾸게 했습니다. 나에게 이런 교활한 면이 있을 줄은 사실 나도 몰랐습니다.

어쨌든 나는 어리석은 어른들에게 한 가지 충고를 하고자 합니다. 결코 개똥철학이라고 무시하지 말고 새겨들어줬으면 좋겠습니다. 어른들이여, 제발 아이들의 눈으로 세상을 바라보세요. 어린아이도 한 번 보고 내가 임신하지 않았다는 걸 아는데 다 큰 어른이 알 수 없었던 이유는 딱 한 가지, 어른은 보이는 대로 보지 않고 자기가 보고 싶은 대로 보기 때문입니다. 가엾은 주인님. 내 배가 홀쭉한데

우째 내가 애기를 낳을 거라고 기다리고 있었는지……. 하지만 내가 바닥을 수시로 긁어 교활하게 주인님을 속인 것은 솔직히 미안합니다.

오늘 아침엔 주인님에게 사과와 화해의 뜻으로 앞발로 어깨를 툭툭 쳐주고 뽀뽀도 해줬더니, 입 냄새 난다고 구시렁거리면서도 크게 싫지는 않은 모양입니다.

# 사랑이 영농일기

내가 요즘 감나무 밭에 다니는 것은 주인님의 간곡한 요청에 의한 것이기도 하지만 내가 좋아서 가는 것이기도 합니다. 주인님이 감 따는 깍짓대(대나무 장대 끝에 감나무 가지를 끼워 감을 수확하는 도구)를 들고 나서면 콜라랑 나는 자석처럼 따라 붙습니다. 말이 필요 없는 완전자동입니다. 감나무 밭에 가면 재밌는 일이 많습니다. 아침 일찍 가면 고라니와 만나기도 하고, 어떤 날은 꿩이 코앞에서 솟는 바람에 깜짝 놀라기도 합니다. 그런데 주인님은 재미없게 종일 일만 합니다. 감을 따고 따고 또 땁니다. 저렇게 감 욕심을 부리면 분명 똥구멍이 막힐 텐데……. 콜라는 배가 터지도록 홍시를 먹더니 꿩 사냥에 나섰고, 나는 감 밭을 날아다니다가 심심해서 주인님을 도와주었습니다. 감을 따다가 실수로 떨어뜨리면 즉시 물어다 주는 건데, 첨엔 한두 번 잘했다고 칭찬을 해주길래 신바람이 나서 개발에 땀나도록 했더니 갑자기 그만하랍니다. 침 묻는답니다. 나는 주인님에게 재미없게 감만 따지 말고 콜라랑 같이 꿩 사냥을 해보는 게 어떻겠냐고 제안했습니다. 대꾸가 없길래 그럼 감 던지기 놀이를 하자고 했습니다. 주인님이 감을 멀리 던지면 내가 잽싸게 달려가서 물어 오는 놀이입니다. 그런데 주인님이 여전히 대꾸도 않고 감만 따길래 나는 심통이 났습니다.

©유진국

개든 사람이든 산다는 건 논다는 것인데, 어째 이래 좋은 계절에 일만 하는 건가요? 나는 창의력이라고는 개뿔인 주인님 뒤를 따라다니며 치근댔습니다. 그런데 주인님이 갑자기 마음이 바뀌어 나랑 달리기 놀이를 하게 된 건, 주인님이 뒷걸음치다가 나한테 걸려 널브러진 홍시 위에 철퍼덕 엉덩방아를 찧고 난 직후였습니다. 나는 정말 즐거웠습니다. 주인님은 씩씩거리며 쫓아왔고 나는 딱 주인님이 포기하지 않을 만큼만 앞서 달렸습니다.

주인님이 귀농한 수백 가지 이유 중 하나가 소확행(작지만 확실한 행복)이라고 합니다. 도시에서 일에 지친 주인님은 일을 좀 적게 하고 사는 방법을 연구하다 좋은 생각이 떠올랐는데, 그것은 일거리가 별로 없는 곳으로 이사를 가는 거였습니다. 주인님은 하루 4시간만 일하고 나머지 시간은 책을 본다든지 음악을 듣는다든지 그릇을 굽는다든지 산행을 한다든지 하는, 오로지 자신만을 위한 시간으로 만들겠다는 야무진 꿈을 안고 지리산 골짜기로 들어왔다고 하는데, 산골 마을의 삶은 그다 치열하지 않을 것이라 생각했답니다. 15년 전에 그 생각을 과감하게 행동으로 옮겨 오늘날 내가 주인님과 같이 감나무 밭을 달리고 있는 것입니다. 나는 신이 나서 꼬리를 빙빙 돌렸고, 주인님은 소리 지르며 주먹을 빙빙 돌렸습니다.

# 예초기 메고 돌격 앞으로

감나무 밭 벌초 작업을 드디어 끝냈습니다. 이웃 사람들이 나무 심고 풀도 안 벤다고 눈총을 자꾸 쏘는 바람에 오늘은 아침부터 작정하고 달려들었습니다.

"어이, 유 주사! 감나무 밭에 풀 언제 베나?"

어제만 세 번 들었던 말입니다. 물론 궁금해서 물어보는 말은 아닙니다.

"쯧쯧쯧. 농사라는 게 나무만 심어놓으면 되는 줄 알고……."

"이 사람아, 실없이 웃음만 흘리며 다니지 말고 감나무 밭에 풀이나 좀 베지 그래."

감나무보다 잡초가 더 무성한 밭을 보다 못해 얼른 풀을 베라고 재촉하는 겁니다.

일초에 수십 번인지 수백 번인지 모르겠지만 쇠로 된 칼날이 덜덜 떨며 고속 회전하는 예초기가 나는 무섭습니다. 안전모를 쓰고 조심해서 한다고는 하지만 하다보면 예초기 날이 돌을 날려 팔다리에 피멍이 들기도 합니다. 벌집을 건드리는 바람에 벌떼가 화를 내기도 하고요. 하지만 다른 방법은 없습니다. 사용할 때마다 겁이 나고 긴장이 되지만 피할 수 없는 일이기에 때가 되면 예초기 메고 '돌격 앞으로!' 하는 수밖에 없는 거죠.

풀을 베다보니 곳곳에 벌써 씨를 퍼트리는 놈들이 있습니다. 내가 예초기 메고 '돌격 앞으로!' 하면 할수록 잡초 씨앗만 더 퍼트려주는 꼴이 되어 한심합니다. '안녕, 내년에 또 보아.'

이놈들은 굳이 내가 도와주지 않아도 바람만 한번 불면 감나무 밭을 솜이불로 완전 덮어버릴 기세입니다. "그러니까 진즉 나를 벨 것이지 이제 와서 뭘 어쩌시겠다고" 하고 잡초들이 비웃는 것 같습니다.

해마다 이맘때 감나무 밭에 풀을 칠 때면 헛골에 숨어있는 고라니를 만나곤 합니다. 이웃 밭에 비해 우리 밭에 풀이 압도적으로 무성하여 서식지로 여느 깊은 산속 못지 않게 좋은 서식지라고 판단하는 건지 풀을 베다보면 골에 숨죽인 채 가만히 숨어 있는 고라니를 만나게 됩니다. 이놈들은 예초기 날이 코앞에 올 때까지 시치미를 떼고 있다가 결정적인 순간 갑자기 풀쩍 뛰어올라 나를 놀라게 합니다. 오늘도 풀을 베면서 이놈들 때문에 놀라게 될까봐 조심도 하고 긴장도 했는데, 뜻밖에 아기 고라니를 만났습니다. 어미는 줄행랑을 놓았는지 아니면 어디 숨어서 보고 있는지 모르겠지만 아기 고라니 두 마리가 배수로 구석으로 몸을 감추고 있네요.

"야, 숨지 마. 다 들켰어. 이리 나와서 얼굴이나 좀 보자." 얼굴을 보니 세상을 본 지 사나흘 정도밖에 안 되어 보이는 오누입니다. 밭에 늘 고라니 똥이 있어서 고라니가 살고 있다는 것은 알고 있었지만 아기 고라니를 이렇게 만나게 될 줄은 몰랐습니다. 걸음마를 시켜보니 아직 떨어지지 않은 탯줄이 보이는데, 다리에 제법 힘이 붙었는지 좀 불안해 보이기는 하지만 후들거리며 걷습니다.

'어때요? 아저씨, 나 잘 걸어요? 그런데 엄마가 여기는 먹을 것도 많고 밭 주인이 풀도 안 베고 안전하다 했는데 어떻게 된 거예요?'

©유진국

'사실은 느그들 생각해서 풀 안 베고 싶은데, 감나무랑 마을 어르신들 성화에 베지 않을 수 없으니 이해해다오.'

엄마는 퐁퐁 뛰어 잽싸게 달아났지만 아기는 자기방어기술이 있어 굳이 달아나지 않아도 되는가 봅니다. 아기가 뭐라 표현하기 어려운 눈빛으로 마법을 걸면 해치기는커녕 엄마를 다시 만나 잘 지내는지 걱정하게 될 정도로, 나쁜 사람도 착한 사람으로 만들어버리는 기술이 있으니까요.

마침 풀을 다 벤 뒤라 고라니를 헛골 원래 있던 자리에 돌려놓으려니 마음이 놓이지를 않습니다. 이미 휑해진 밭이라 안식처가 될 수 없으니까요. 어미가 돌아올 때까지 안전을 보장하기 어려울 것 같아 생각해둔 곳으로 옮겨주려 밭 밖으로 데리고 나왔습니다.

그런데 하필 이때 이웃 마을 이장이 지나다가 보고 말았습니다. "어이, 데려다 키워봐. 귀엽구만!" 하며 왠지 모를 웃음을 흘립니다. "예? 아, 에이……." 하며 대답을 피하는데 이장은 한 술 더 떠 아기고라니를 내 트럭에 태웁니다. 순간 당황함을 감추고 "아, 네." 하고는 집으로 향하는 척하다 이장이 멀어져가길 기다렸습니다. 그리고 감나무 밭에서 그리 멀지 않은 곳, 어미가 쉽게 찾을 수 있으리라 짐작되는 안전한 곳에 살짝 두 마리를 숨겨두었습니다. 그런데 발걸음이 잘 떨어지지 않네요. 내가 그 마법에 단단히 걸린 모양입니다.

저녁에 퇴근하고 온 아내에게 이야기하니 아내도 걱정이 태산입니다. 산책길에 어미가 새끼들을 찾아 갔는지 확인해보려고 나만 아는 그 비밀 장소로 가봤습니다. 다행인지 불행인지 아직 그 자리에 가만히 얌전히 있었습니다. 어미가 얼른 와서 데려가야 할 터인데, 설마 어미가 제 새끼들을 못 찾지는 않을 거라 여기며 무거운 발걸음을 옮겼습니다. 그곳을 벗어난 지 얼마 지나지 않아서 새끼들이 어미 찾는 소리를 냅니다.

"열심히 울어대라. 어미가 들을 수 있도록……."

# 촬영 후기

리포터가 느닷없이 마당에 낙엽을 쓸고 나서
아, 힘들다
하며 흔들그네에 털석 앉아 있으니
감독이 막대 사탕을 하나 권하고
리포터가 나 사탕 완전 좋아해
하면서 입에 넣으려는 순간
지리산 농부가 후다닥 나타나
아니 여기 맛난 곶감이 있는데 사탕이 웬말이오
하며 곶감을 권하는 유치찬란한 시트콤을 찍었다.

촬영팀이 온다고 해서

곶감라떼를 4잔 만들어 놓았는데 마침 4명이 왔다.

촬영팀이 라떼를 맛보고 깜짝 놀라

세상에 이렇게 맛있는 라떼는 처음이다

어떻게 만든 거냐, 만드는 과정을 촬영해보자, 대박이다

하고 제안해주기를 살짝 기대했었는데

그냥 맛있다고 사례하는 걸로 끝났다.

촬영감독이 분이 난 곶감을 촬영하는 막간에

리포터가 고양이 얘기를 꺼내길래

우리 집 마수리 냥작 얘긴가 하고

수리가 우리 가족이 된 사연을 이야기해줬다.

근데 이야기를 하다보니 고양이 얘기가 아니고

내 고향이 원래 여기였나 하고 물은 거였다.

그걸 잘못 듣고 고양이 이야기를 한참 했으니

나는 내가 좀 바보 같다는 생각이 들었다.

드론이 하늘로 솟아올라 엄천골짝을 촬영하는데

세상에 이렇게 멋질 수가.

촬영감독이 하늘에 올라가지 않고도

높은 곳에서 사진을 찍을 수 있다니……

ⓒ유진국

앞마당에서 스마트폰을 보며 촬영을 하는데

드론이 순식간에 엄천강으로 날아갔다가

다시 우리 집 앞마당으로 돌아오는데

너무 멋져서 나는 입이 딱 벌어졌다.

입 벌리고 놀라는 내가 좀 바보같이 보였을 것이다.

흐뭇

초판 1쇄 발행_ 2019년 4월 25일

지은이_ 유진국
펴낸이_ 이성수
주간_ 김미성
디자인_ 진혜리
마케팅_ 김현관

펴낸곳_ 올림
주소_ 03186 서울시 종로구 새문안로 92 광화문오피시아 1810호
등록_ 2000년 3월 30일 제300-2000-192호(구:제20-183호)
전화_ 02-720-3131
팩스_ 02-6499-0898
이메일_ pom4u@naver.com
홈페이지_ http://cafe.naver.com/ollimbooks

ISBN 979-11-6262-018-2 03810



이 도서의 국립중앙도서관 출판예정도서목록(CIP)은 서지정보유통지원시스템 홈페이지(http://seoji.nl.go.kr)와 국가자료공동목록시스템(http://www.nl.go.kr/kolisnet)에서 이용하실 수 있습니다.
(CIP제어번호 : CIP2019012125)